小城流年

海伦 / 著　　　肖刚 / 绘

希望出版社

目录

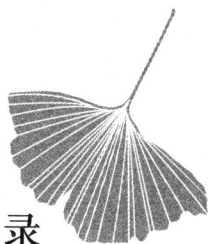

记得青梅竹马时

◎ 徐鲁

　　冰心老人写过这样的诗句："童年，是梦中的真，是真中的梦，是回忆时含泪的微笑。"《小城流年》是一本自传体的成长小说，也是一本用恬淡的散文笔调书写的童年回忆录。有对渐渐远去的童年往事的回望，有对依依飘散的小巷弦歌的追寻，也有对曾经走过自己生命的亲人、邻居、少年伙伴的感念与怀想……透过温暖、细腻和清丽的文笔，童年生活中的点点滴滴和边边角角，已经超越了狭隘的个人色彩，化作了一种足以引起人人共鸣、带有永恒和普遍意味的文学主题。这就是作家笔下的童年之美，也是《小城流年》所呈现的文学之美。

　　童年的梦影里，有多少欢欣，又有多少乡愁。面对流逝的往事，即使是最坚强的心，也会变得呜咽。回望者将从中认出，有微小的一部分是属于她的，还在那里完好地保存着，而那庞大的部分，却不再为她所有，而且也永远不会拥有了。正如作家在书中写到的那样：小院的瓜架绿叶还在，童年的蝉声也依稀可闻，但是，那个趴在夏日窗台上听着蝉叫、等着妈妈回家的小女孩，却不知不觉地长大了。

著名动画片《雪人》的作者雷蒙德·布里格斯说雪人代表走过我们生命的一些不同寻常的人，我们意外相逢，比如我们的长辈，比如童年的朋友，他们就像"雪人"一样，总有一天都会"融化"的。但童年的甜蜜瞬间，在经历过漫长生活道路中的许多波折之后，却依然能够留存下来。

《小城流年》讲述了爷爷、奶奶、姥姥、姥爷、爸爸、妈妈等最敬爱的亲人的故事，也讲述了孔阿姨、梁老师、小黄叔叔、小雅阿姨、王校长、玉儿哥哥等难忘的邻居，以及弟弟和众多童年伙伴、少年同学的故事。这些都是走过了作家的童年和少年时代的人。可以说，《小城流年》就是一本《雪人》式的作品，也是一本《城南旧事》和《呼兰河传》式的作品。如果再扩大一点范围，那么，这本童年之书和萨特的《童年回忆》、本雅明的《驼背小人》、亨利希·曼的《童年杂忆》、柯莱特的《葡萄卷须》、希梅内斯的《小银和我》……呈现的也都是一样的况味、一样的文心。

推开童年记忆的窗户，多少被尘封在那里的最细微的体验和最真切的感受，都像被掩藏在温暖地窖里的青嫩的葡萄藤，只等早春的微风吹来，它们瞬间就会返青和发芽。作家那童年灵光闪现的文字，就是这样一捆瞬间返青和发芽的葡萄藤。每一串细小的童年故事，都是一丝生机无限的葡萄卷须。

法国作家都德曾经这样描写过他童年的感受和体验："小时候的我，简直是一架灵敏的感觉机器……就像我身上到处开着洞，以利于外面的东西可以进去。"读《小城流年》，我仿佛也感觉到了一种童年记忆和童年感觉的全部打开。故园月明，酒旗风暖；庭下新枣，堂前旧燕；青梅竹马，深巷弦歌；放学路上，承欢膝下……女作家把槐花树下的小童年，写得何其丰盈、恣意，何其鲜活、灵动——

"若要问我，你的童年是什么？我说我记得夜幕里苍穹的纯粹的蓝，绿树上槐花单纯的白，我记得牵牛花、地雷花成片成片地绽放，狗尾巴草在军营山坡的摇曳，我记得年轻的妈妈穿着好看的棉袄下课回来，记得半夜醒来窗前灯下妈妈备课的身影……"

"孩子们在夏天可了劲地玩啊，玩泥巴，抓羊拐，跳皮筋，打沙包，弹玻璃球。在街口一个拐弯处，有一个高高的斜坡，那是孩子们的乐土，从坡的顶端一口气往下跑，风呼呼在耳边响，裙子衬衣鼓满了气，塑料凉鞋吧嗒吧嗒拍着。小伙伴的尖叫声、笑声、打闹声响彻在耳边……"

序

"我欣喜地低头翻着新书，玉儿哥哥站在我身旁，也一块儿看着。藤架子上饱满的绿叶随风吹动着，散落点缀的牵牛花也一块儿抖擞飞舞着。阳光一块一块、一片一片散落在我手中的书上。……"

是啊，失去了这样的玩耍、打闹和欢笑，失去了这样的两小无猜、青梅竹马，童年还能在哪里？

黄昏时分，妈妈在巷口呼唤孩子回家加衣裳、吃晚饭的声音，是那么悠长悦耳；槐花盛开的季节，孩子们攀爬到老槐树上，采摘洁白、清甜的槐花的身影，依然历历在目；还有妈妈要出国时，"我"和弟弟搀扶着年迈的姥姥，站在家门口送别的时刻，能不让人潸然泪下？……回想着父母堂前、姥姥膝下的幸福时光，回望着爸爸回家、亲人相聚，邻里之间、真情怡怡的那些日子，作家自问自答：故乡是什么？故乡就是成长的回眸。这也真是应和了罗兰·巴特那个著名的观点：只有童年，才是家乡。

再来看这本书的语言之美和散文的韵味。她是这样描写秋天来临时，她每天上学必经的那条银杏路上的景色的：

"秋天的银杏路是一年中最美的时候……银杏树正抖擞着一树的黄色、金色、红色、绿色的叶子，色彩斑斓。阳光照在树叶上，折射出点点碎片一样的金光。满树的叶子，满树的小手掌，哗啦哗啦地，好像在鼓掌，在喝彩，也许每一片树叶知道从生到落的过程……他们丝毫没有悲伤，每一片树叶始终金灿灿的，直到坠落的一瞬间，都好像鼓着掌唱着歌，欢快地跟着风跑了。……"

诗人兰波有言：所谓诗人，就是看谁能够回到童年的一种人。对于儿童文学作家来说，更应如此。童话家林格伦甚至认为："世界上只有一个孩子能够给我以灵感，那就是童年时代的我自己。……'那个孩子'活在我的心灵中，一直活在今天。"在《小城流年》里，那个名叫"小青子"的小女孩，也像从来没有长大的彼得·潘一样，一直生活在女作家海伦的心灵里，只要轻轻一声呼唤，她就会带着满身的槐花香，踩着银杏路上金色的落叶，奔跑而来，笑语朗朗，活灵活现。而这时候，童年的一切将重临心头，宛如昨天。

有位学者说过这样一句话：大人物的回忆是属于"历史"的，小人物的回忆是属于"文学"的。此言虽非定论，却有一定道理。《小城流年》是一本情意缱绻的童年之书，也是一本文笔隽美的文学之书。作者海伦虽然是英文翻译专业出身，却有着深厚的汉语文学、尤其是传统的古典诗词素养，这在她的字里行间不难感知。可是，在享受了本书带来的童年之美和文学之美之后，我也不禁生此感慨：生活的节奏真的太快了，时间都去哪儿了？你们看，连70后这一代人，这么早都在开始回忆了……

2014年10月12日，武昌梨园

乡关是何处

我们一生见过很多树，门前的，巷口的，路旁的，途中的，远处的，山上的……然而午夜梦回时，会是哪棵树入梦呢？

小城流年

我从没像现在这样怀念自己的来时路，想念自己的童年，想念童年时光里的阳光、风雨、槐树、平房、姥姥、父母，想念夏日里飘来的风的味道，小朋友们嬉闹的声音，黄昏里妈妈唤我回家时星空湛蓝的颜色。

这是我最安逸最舒展的时刻了。

午后三点。

先生和儿子们均已入睡。阳台上的夏风一阵一阵飘入房间，印满玫瑰花瓣和叶子的纱帘随着风一起一伏，好像淘气的小孩子在玩捉迷藏。幼子勾着先生的脖子，撅着圆圆的小屁股，满月的脸庞上细密的睫毛低垂着，樱桃般的小嘴微微张着，均匀的鼻息伴着小肚子的呼吸起伏着，先生把右手搭在幼子的腰间也已熟睡。这阵子的鼻炎折磨得他够呛，在梦乡中也许会轻松些。长子的房间门口花凳上立着一盆吊兰，这盆吊兰已跟随了我们好几年。这段日子，吊兰隔几天就会绽开几朵小小的白花，沿着长长的抽出来的茎条，错落有致、静静地舒展着，这一两枝茎条垂到了托盘，垂到了花凳。要是想进入长子房间，它肯定要碰到你的腿，出出进进，都要和你碰触，好像孩子依恋家人似的，使你不得不蹲下，好好端详，惊讶于它的花朵，它的美丽。

我冲了一杯朋友送的海南春绿茶，这茶虽无名气，但却十分醇香，茶香泌脾。黄绿水间，春意心间。打开电脑，放开了久石让的《天空之城》。

我似乎一直在等这一刻，属于自己的时光。

我从没像现在这样怀念自己的来时路，想念自己的童年，想念童年时光里的阳光、风雨、槐树、平房、姥姥、父母，想念夏日里飘来的风的味道，小朋友们嬉闹的声音，黄昏里妈妈唤我回家时星空湛蓝的颜色。

我就是家门口的那棵槐树啊。我年幼时，它应该也是一株幼苗吧。记得每年春天槐树都开出一串串、一枝枝槐花，白色的花瓣像露水滴的样子，椭圆形的，抽出花蕊吸，有淡淡的甜味。小时候我常常站在槐树下，仰头看它，它的叶子也不大，但却端庄，我经常端详着、端详着，好像自己就是其中的一片叶子，随着阳光，随着风，撒欢跳舞。

春来秋去，我年年看槐树。

那天我又路过那棵槐树，已经好久没有好好看它了，它的枝干愈发沧桑浓密了。茂密的枝条如撑开的大伞，为路人带来阴凉。

在这棵槐树下，那个已经干了很久的修鞋匠正靠着街边围墙，

微闭着眼睛小寐，他在这棵槐树下干了多久我也不知道，只是他给长子修过小自行车，现在又给幼子的自行车打气了。他曾告诉我，给儿子办了婚事了，儿子住在他的房子里，他和老伴在外租房住。黝黑的皮肤因常年日晒而满脸深深的皱纹，那双手到处是裂口，又深又黑，一身蓝色工装，一年穿到头。他告诉我这些的时候，很知足，阳光透过槐树照到他的脸上，一闪一闪，幸福在他的眼里和嘴里流淌着。

我知道他是幸福的。

我知道那棵槐树也是幸福的。

我同样知道童年的我和现在的我是幸福的。

有很多年过去了，有很多事过去了，但我和那棵槐树一样，有过那么青葱的、甜蜜的岁月。若要问我，你的童年是什么？我说我记得夜幕里苍穹的纯粹的蓝，绿树上槐花单纯的白，我记得牵牛花、地雷花成片成片地绽放，狗尾巴草在军营山边摇曳，我记得年轻的妈妈穿着好看的棉袄下课回来，记得半夜醒来窗前灯下妈妈备课的身影，我记得……

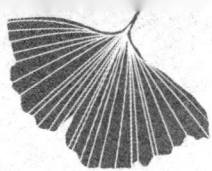

乡关何处

许多记忆随着童年逝去而尘封。然而乡愁却没有缘由地蔓延。童年在塞北的时光如同儿时玻璃罐里的琉璃球，温润发光。

我一直以我是军人的女儿而暗暗庆幸，甚至自豪。

我小时候或长大一些后爱缠着爸爸或妈妈讲爸爸当兵的事，我出生在军营的事，在营房和士兵玩耍的事。

父亲从小聪慧好学，十七岁，与众多年轻同乡乘一绿色火车驶出山西南部的一个小山村，开始了他一生的军旅生涯。

父亲属鸡，而且是在早晨的时辰出生的。奶奶说，头鸣的鸡，一辈子勤奋，一辈子不着家。后来也真如奶奶所言，父亲从此踏出山村，从士兵到军官、到军医到资深教授，从山西到河北到内蒙古到甘肃，雁北塞上，秋风骏马，军旅生涯。

我是父亲双手接生到这个世界上的。

在塞北的高原上，在料峭春寒、乍暖还寒的季节里，在空旷无人的营房里，我呱呱坠地。

父亲和母亲显然没有做好准备。那时母亲是做好准备从山西太原途经父亲部队驻地大同，然后回河北张家口，由姥爷姥姥守候着生产的。

可是，经过了长途的火车颠簸，母亲到大同时已是深夜，就开始宫缩了。而此时部队营房的战士们为执行一项任务全部出发了。只有父亲在此等候母亲。

我却执拗地要来到这个世界上。父亲虽然说是医生，却从未接生过啊。

怎么办？没有办法，部队驻地在很远的郊外，没有车辆，没有电话，无法联系。父亲果断决定亲自为母亲接生。我可以想象母亲的无助和痛苦，父亲的屏息和镇定。

父亲凭着自己粗通的妇科生产知识，凭着自己的勇敢，把他的女儿平安地迎接到世间。

后来有时候听父母说起生我的事，老夫妻早已忘却当时的痛苦和恐慌。父亲会说，小青子生下来，先天特好，八斤多。母亲也说道，头特别硬，特别能吃。

母亲怀我时，父亲在内蒙古集宁，生我时，在塞北大同。出生后，母亲带着我跟随父亲在大同阳高县度过了近一年时间，所以我总觉着自己与祖国的边塞有着遥遥的亲近。我是籍着边塞的风雨和日月被孕育的，喝着边塞的羊奶和泉水长大的。

父亲在塞北大同从军、从医十余年后，才回到了省会太原，回到妈妈和我们姐弟身旁。小时候每年都会和妈妈一起去大同，看望爸爸。那里是我的第二故乡。

我知道在陌生又熟悉的远方有我的父亲。虽然少不更事时父亲少有在我们身边，但我暗暗佩服父亲，他兼具现实的理想主义和理想的现实主义，拥有军人所应具备的所有气质。

在每年北上的遥遥路途中，在每年父亲归期的切盼中，我渐渐长大了。

读余光中的《乡愁》，读席慕蓉的《乡愁》，乡愁是一种心灵的安顿，没有缘由，边塞的乡愁可以是"古来征战几人回"的惆怅，也可以是"家书抵万金"的切盼。许多记忆随着童年逝去而尘封。然而乡愁却没有缘由地蔓延。童年在塞北的时光如同儿时玻璃罐里的琉璃球，温润发光。

士兵姐姐抱着我，给我扎小辫，编狗尾巴草；士兵哥哥给我拾小石头，打水泡；自己出去到半山坡上看五颜六色的野花在风中摇头摆尾；每天在清脆的军号中睁开眼睛。

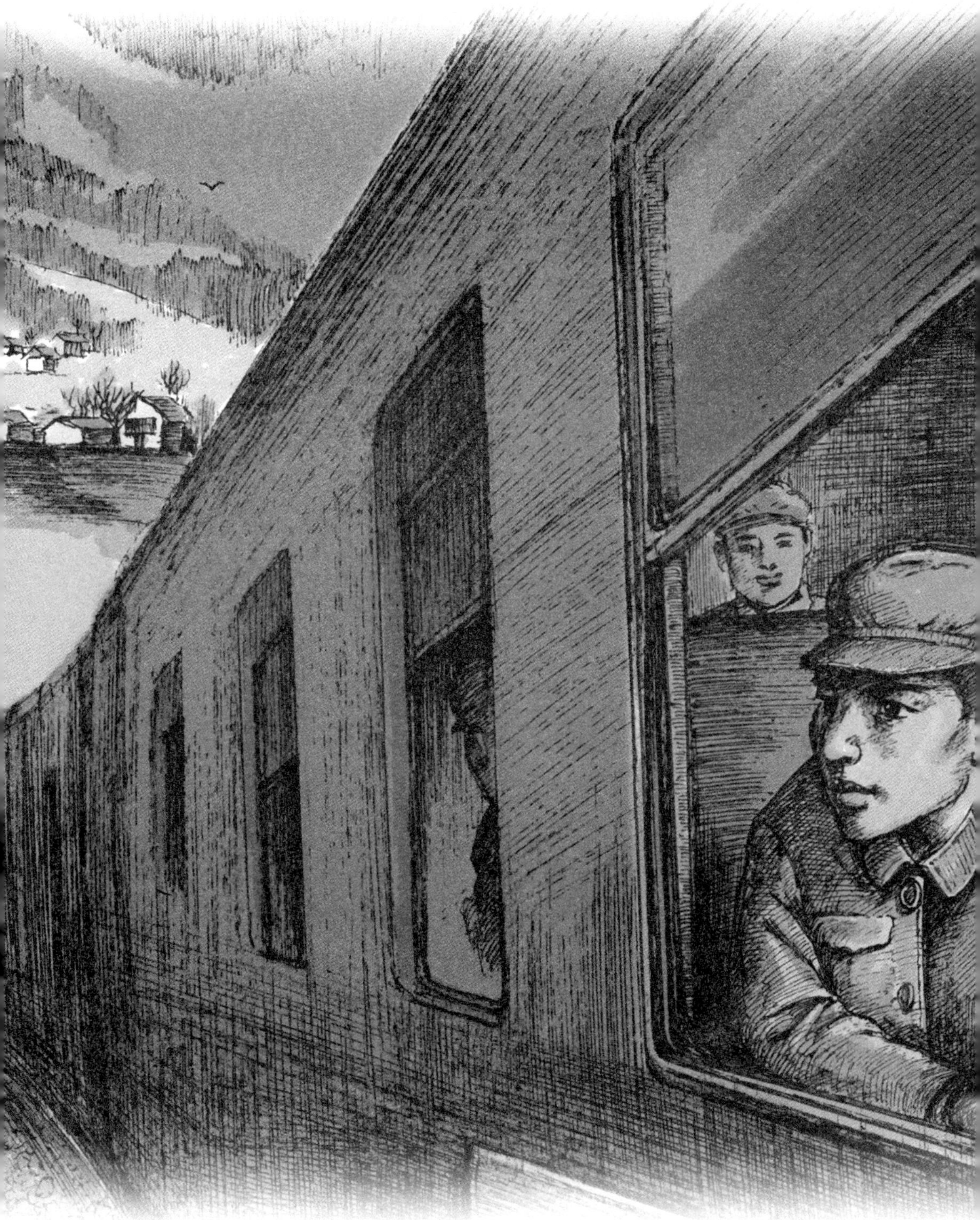

　　父亲从小聪慧好学，十七岁，与众多年轻同乡乘一绿色火车驶出山西南部的一个小山村，开始了他一生的军旅生涯。

故乡是什么？故乡是成长的回眸。

乡愁是什么？乡愁是旅人的反刍。

营房是绿色的，哥哥姐姐是绿色的，父亲是绿色的，军号的声音是绿色的，道路和山坡上的树木是绿色的。一切都是那么青翠，郁郁葱葱，生机勃勃……

小街四季

　　我熟悉这条街上的门庭院落，熟悉这条街上的高矮树木，我熟悉这条街上的隔邻阿谁。

　　我感受它的呼吸，我倾听它的叹息。

　　说起来，这是一条历史悠久的街。

　　民国时，女子师范学校便坐落在这条街上。可以想象当年女子学校开风气之先的震撼。这条街长不足五百米，宽不足十米，两侧古槐耸立，碧叶相接，古朴素雅，两旁有许多四合小院和民国建筑遗址。记忆里的国师街是安静的。

　　我们为何落户安家在国师街上，这里有一段小小的插曲。父母刚结婚，姥姥姥爷随舅舅们迁至山西小城，母亲便由河北的一所中学调至小城，原来是分配到了离火车站很近的一所中学。父亲带着母亲去了那所中学，可是那所学校看上去很破旧，有的教室连门窗都没有，有几扇窗户上的玻璃全部打碎了。

那时母亲已经有身孕，而父亲则是把母亲安顿好便要返回部队。父亲觉得安全是最重要的。

于是父亲果断地决定重新选择一所中学。可是去哪所中学呢？父母人生地不熟，不过当时太原城也不大，他们便由最繁华的迎泽大街坐车行驶到五一路，又走到了新民街。看到了国师街上的那所中学。

父亲觉得这所学校位置居中，闹中取静，环境不错。就这样，我们便在国师街上安了家。

四十年过去了，历史证明父亲的眼光是如此睿智，父亲的选择是如此精准。这所学校成为了市重点中学。周边地区是小城最成熟最便利的生活区域之一，学校、医院、商场、公园等都近在咫尺。而我们则一直安享这块福地带给我们的生活。

我在这里度过了我的童年、少年、青年，乃至中年。我在这里找到了我的伴侣。我在这里孕育了我的两个儿子。

我熟悉这条街上的门庭院落，熟悉这条街上的高矮树木，我熟悉这条街上的隔邻阿谁。

我感受它的呼吸，我倾听它的叹息。

西方文学史上有几位女诗人、女作家终其一生不曾离开她们的故乡，生活的面积不过方圆几千米。有时我在想，能守在自己的家乡，守在家门口，这样的一生也蛮有特点，蛮有耐人寻味的地方。

这条街是安静的。就像一个落落大方的大家闺秀，知书达理，秀外慧中。

【春】

春天的国师街是四季中最热闹的，三月一到，柳条抽芽，柳絮飘飞，点点团团，把冬天的寒冷吹到了墙角边，柳絮像淘气的孩子，一会儿落到你头发上，一会儿落到你肩膀上，更多的是落到你的脚下，轻轻柔柔伴着你的脚步，让你不忍踩它，它也机灵地随风撒欢地跑前跑后。

柳絮刚散，槐花又开了。先是一朵两朵，一枝两枝，很快就一树一树的了。一簇一簇的白花，恣意绽放，小孩子们就使劲摇树枝，胆大的就爬上树枝，摘下槐花串。

槐花绽开时，像倒挂的水珠，椭圆形，白白的，抽走花蒂，吸一下，有淡淡的槐花蜜。

我总是站在树下，不是为了吃花蜜，只是想让哥哥姐姐帮我摘下几枝花条，拈着它，一甩一甩地高兴地走回家。啊，春天来了。

当然还有丁香，丁香的绽放应在晚春了，尤其雨后或几个晴天之后的早上，丁香叶子圆圆的顶着新绿伸展胳臂，丁香花更是憋着一口气地一夜之后乍放出来。因为迅速，因为集中，丁香的味道让人一下子就闻出来了。它们好像很高兴很愿意让人闻到它的味道，十分努力地张着花瓣。其实有着丁香一样味道的女子应该是可人的，欢喜的，没有那么多忧愁。

【夏】

夏天，道路两旁的树木都生长得十分旺盛，这条街上的人们都爱惜树木，所有的树木都得到大家的照顾。人们会从四合院中接出清水来浇树，告诉孩子不要爬树。

盛夏时分，这条干净安静的街便从两侧的树木顶端连在了一起。最热的正午，街上也全是阴凉，门前的狗懒懒地靠在树桩旁，阿婆坐在树影下的藤椅上，小猫卧在阿婆的腿上。也有婴儿因暑热不愿待在家里，躺在竹木做的婴儿床上，奶奶或妈妈坐在树下，轻轻为婴儿摇着蒲扇。

公共水管处，几个女人拿着木盆铁桶，投洗着几件衣服，水流清澈。若是渴极了，一歪头，用嘴对着水龙头就咕咚喝几口凉水，沁人心脾地滋润。

孩子们在夏天可了劲地玩啊，玩泥巴，抓羊拐，跳皮筋，打沙包，弹玻璃球。在街口一拐弯处，有一个高高的斜坡，那是孩子们的乐土，从坡的顶端一口气往下跑，风呼呼在耳边响，裙子衬衣鼓满了气，塑料凉鞋吧嗒吧嗒拍着。小伙伴的尖叫声、笑声、打闹声响彻在耳边。

那样的时光好似永远不够。多少年后想起那坡上的"风驰电掣"，总有一股凉意扑面而来。

玩着玩着，天就要黑了，孩子们知道快到回家的时候了，都在拼命地最后撒欢。

我抬头看着天空，那时的天空是一种非常非常纯粹的深蓝，已有星星在空中闪烁，但天空还没有完全黑下去。就是太阳已落下，余晖将尽时，天空出现的这种蓝，我感到天空好深邃又好温暖，好像要坠到一个巨大的蓝色的怀抱里。我会怔怔地仰视天空很长时间。

这时耳边突然响起母亲的呼唤：

"小——青——子，回——家——吃——饭——了——"

母亲的声音悠长悦耳，没有嗔怪孩子晚归的语气，反而像是在安心愉快地唱歌，因为母亲知道，女儿就在街口，就在她目力所及、掌力所控的范围，女儿开心地玩耍，母亲也高兴呢。

整整一个夏天，我总爱看黄昏过后的深蓝的天空，我总听到母亲归家的呼唤。就这样，夏天要过去了。

【秋】

我生活的这座城市，夏天一直是比较凉快的。华北地区的一些城市酷热难当，而我们却在没太感觉暑热的情况下，伴着一场场秋雨的凉意迎来了秋。

这条街道两边是幼儿园、小学、中学、民居，所以通常孩子们上课时非常安静。

树叶逐渐地斑驳起来，绿色、墨绿色、黄色、姜黄色、咖色、红色。因为颜色的变化，树叶上叶脉、茎络反而变得更加清晰。整个街道玉树摇曳，五彩绚丽。

满树多彩的秋叶让安静的街道热闹了起来。

有时，一夜之后，地上就铺满了大大小小的落叶。上学路上匆匆踩着落叶。下学回家时间充裕，就沿着街的一侧墙边低着头，一脚一脚地踩下去，咯吱——咯吱，声音特别好听。

我们会选叶大茎长的树叶，把枝叶捋去，只剩下叶茎。大家会选择自己认为最耐力的茎条和小伙伴对决比赛，你一根茎，我一根茎，打成十字后，朝各自的方向使劲拉，谁的茎没断，谁就是赢家。通常是那种将枯未全枯的落叶根茎最有韧性。刚掉下的落叶，水分还比较大，而十分枯槁的落叶，已水分全无，最易断裂。只有这种已落下几日，又尚未枯槁的叶茎最有力道。

其实，这何尝不是人生的力道。经过苦难、磨砺，风雨过后，人生已然达到最有力道的境界，柔韧、弯曲，却极有风骨，哪能轻易折断。

小伙伴们手里通常都是一把把落叶或一把把根茎。

雨后踩着不合尺寸的塑胶雨鞋吧嗒吧嗒走着，树上带雨的落叶落到头发上、肩上和脸上，雨水裹挟着落叶冲向路边，冲向更远的街道。

雨停风骤时，落叶稀疏飘飞，各家开始打煤糕了，这就是深秋了。

【冬】

太原的冬天倏忽一下子就来了。满街满树的叶子已然不见，只留下枯瑟的树干在寒风中抖擞着，大多的日子是灰色的。

这条街本来就安静，到了冬天就更静谧了。

印象中国师街的冬天是青灰色的，灰墙，灰瓦，灰树，以及灰扑扑的人影。偶尔有几辆自行车匆匆驶过，或者有几辆三轮车踟蹰而过。冷不丁有一两只麻雀扑打着翅膀，划过树枝，飞向灰蒙蒙的天空。

夏天曾茂盛的枝丫只剩下苍老的枯萎的枝条，像老人脸上的皱纹，手上的筋条，伸向天空。

那时街上几乎没有商店，马路上水管附近总是结着厚厚的冰。天亮得晚，一出门，冷哈气就扑到脸上。而夜又早早地来了。

临街高墙上的窗户不大，高高地开在老墙的上方，里面通常透出来昏黄的灯光。有的家里挂个纱帘，有的是松鹤延年图案的布块，有的是光秃秃的玻璃。

气温到了零下以后，早晨的玻璃上通常会冻得出现冰碴子，薄薄地覆在窗户上，就像大朵大朵的雪花，有时没结冰，就是一层雾气。小孩子们爱贴在床头，靠着窗户，用手指在玻璃上写字、画画。

当然小孩子们最高兴的是下雪了。那时雪比现在大而且声息全无。记忆中每年冬天总会有很长一段时间有雪。

刚下雪时，会兴奋地牵着邻家的小伙伴跑到街上路边，伸手去接大朵大朵的雪花，还会张开嘴让雪花飘到自己的嘴里。

一夜醒来，雪已厚厚铺了一层。四合院里的瓦房上，煤池子的砖头上，院角的花盆上，小孩子们拿上自家和煤泥的小铲子、小簸箕、小笤帚，在院子里或者院门口扫雪堆雪人。

一条街上有八九个院落，每个小院门口总会堆着形态各异的雪人，好像是小小的比赛。看看谁家的雪人更好玩，雪人手里拿的玩意更有趣。

家里大人会拿出厚重的毛毯和呢子大衣铺在一块干净的雪地上，用扫炕笤帚用劲地拍打着衣物。那时没有干洗店，这就是又省事又见效的"干洗活"了。

后来，雪不知不觉化了，道路泥泞起来，一走路总是把泥点子溅得老高。大人们会埋怨孩子们淘气，会埋怨这雪化了怎么这么泥啊。就在这时，好像闻到了一点点泥里夹杂着什么味道，寒冷中有一丝暖，就像汤里撒了一点葱，春天又快到了。

肖墙内外

妈妈偶尔给我壹分、贰分的钢镚儿，我把钢镚儿攥在手里面，一路小跑，跑到综合商店，迈过高高的门槛，冲到高高的柜台前，喘着气，一手扶着柜台沿儿，一手把钢镚儿高高举起来。

北肖墙，这三个字和我的童年紧紧相连。

何谓肖墙？当年的小姑娘哪里知道，她每天生活的街巷曾是明太祖朱元璋三子的晋王府周围。当年宫城外筑有萧墙（萧即肃，墙即屏，指古代君王宫室前边的屏风，大臣到此肃然起敬）。

我童年记忆里有北肖墙、南肖墙、西肖墙、东肖墙，但最熟悉最亲切的是北肖墙。怎么说呢？北肖墙就像乡村镇上最繁华的赶集聚处，或者说是北京的大栅栏，南京的夫子庙，成都的锦里宽窄巷。

她就是我最向往的去处。

【肖墙东】

从家门出来，约莫走个二十来米，朝西一拐，北肖墙就在眼前了。正东边是一家综合商店，高高的石阶，木板门。进得门来，又是高高的木制柜台，有七八米长。这家主要卖一些糕点、零食等比较高级的吃食。记忆中有一种点心叫草子糕，圆形，深酱色，掰开里面是浅蛋黄色，有股碱味，松软香甜。售货员会非常麻利地用一张浅咖色草纸把四块、六块或八块蛋糕用竹夹子捏起，放好，前后左右打包叠好，然后用草纸绳把叠包好的蛋糕上上下下很快打出一个十字，然后用手指轻轻一圈，正好就系成像蝴蝶结样子的活结，方便用手指拎起。有时会在打绳前铺一张正方形红纸，看着喜庆，拎着就可以走亲访友了。

我记得这里有一种小吃叫酸枣面，这可能是儿时记忆里唯一自己可以买，又买得起，又好吃的零食了。妈妈偶尔给我一分、二分的钢镚儿，我把钢镚儿攥在手里面，一路小跑，跑到综合商店，迈过高高的门槛，冲到高高的柜台前，喘着气，一手扶着柜台沿儿，一手把钢镚儿高高举起来。

"阿姨，我买一分钱的酸枣面。"

售货员阿姨用小刀轻轻撬下一小块酸枣面，用草纸包一下，一手递给我，一手接过那个钢镚儿。

我抓着这一小包酸枣面，捧在手心，轻轻把这小块草纸打开，把脸贴近草纸，伸出舌头，轻轻一舔，舌尖上就蘸满了酸枣面。我先是酸得缩一下脖子，那股枣酸化进舌头，到了舌根儿，就有股甜味了，刚一咽唾液，酸劲儿又上来了。

一边耸肩，一边抬腿迈出商店高高的门槛儿。然后就又舔一口，一边沿着马路沿子溜边走，一边酸得眯眼睛，咽唾沫。快到家时，酸枣面已经舔完，手里的草纸也有点濡湿了。

一迈进院门，我一蹦一跳地嚷着：

"妈妈，我回来了。"

【肖墙西】

在综合商店的西面是一家调味店，店里净是放醋、酱油和腌菜的缸子、坛子，都是酱色粗瓷，所以调味店给我的印象是酱的颜色、醋的味道，售货员也好像酱菜一般。不像现在醋都是瓶装和袋装，摆放在超市里。

那时我真是会打酱油了。可以打酱油了，意味着这个孩子已经初步具备了社交能力和做家务能力。我大约是七八岁开始打酱油的。家里的醋瓶、酱油瓶是固定的，而且是经年不换的，个头大而粗。把瓶子放在一个编织小篮或网兜里，手上拿好壹角贰角钱就出门了。

推门时，妈妈会说：

"打一斤醋，半斤酱油，一共两毛四。"

"知道了。"

我一边应着，一边撒丫子往外跑去。很快到了调味店，那股味道很好闻，我常常要站在门口提口气，迈进店门，慢慢地让醋味、酱味一点点沁入心脾。稍过一小会儿，我便狠狠地猛吸几口气，把这个味吸个够。

然后，我说明来意，把瓶子递上，售货员娴熟地掀开一个一米多高大缸子上的木盖，在缸沿上挂着一个铁勺子，圆柱形，一勺正好是半斤。他把一个漏斗插在瓶子上，用铁勺子捞起一勺子醋或酱油，倒进漏斗，漏完后又麻利地抖抖，就把勺子重新挂在缸沿上，整个过程几乎不滴漏一滴酱油，一滴醋。

大缸旁边还有一些小菜坛子，有雪里红、荠菜疙瘩、老咸菜等，有时会替妈妈买一点点老咸菜。

回来路上，瓶子重了，就比来时要小心得多，不能碰了，不能洒了。端端正正地把打满的瓶子放在家里桌子上时，妈妈已等不及了，赶紧拿过瓶子，倒到锅里一些醋或酱油，香味一下子就出来了。

如果是打油，通常是妈妈领我一起去买的，因为油要贵重得多，而且是需要油票的。打油也是在这个调味店。

后来上中学时读过欧阳修的《卖油翁》：

"陈康肃公尧咨善射，当世无双，公亦以此自矜。卖油翁释担而立,曰：'无他，但手熟尔。'"

这时我就想起调味店里的售货员，他们几个叔叔阿姨，个个技艺高超，绝少漏油滴汁，打油之艺应不在彼卖油翁之下。

【肖墙北】

北肖墙的北面是一家饭店，饭店的前堂是终年对外卖油条的摊位。那时，一般人很少去饭店。我曾在黑夜里坐在妈妈骑的自行车前梁上，看到街边有亮灯的饭店，十分不解，他们没有家吗？他们为什么不回家吃饭，他们的妈妈不给他们做饭吗？在饭店吃什么呢？我小时候几乎没有去饭店的印象，但是在饭店摊位前买油条记忆深刻，那可是一家子的大事。

我们一家五口（姥姥和我们在一起），平时吃饭，油星子少得可怜。一般就是到周日（当时周六是不休息的），一个月里有一两个周日的早晨，我和爸爸早早起床，捧个锅啊盆什么的，赶到饭店门口早点摊排队买油条。

本以为我们起了个大早，可是出家门一拐弯儿，就远远看到买油条的已排成一条小长龙了。

我们赶紧排在队尾，爸爸整理着粮票，买油条不仅要收钱，还必须收粮票。那时油条是论斤卖的，一两、二两、半斤、一斤的粮

票，花花绿绿，爸爸紧紧握着一把票子。

前面的油锅热腾腾冒着热气，卖油条阿姨大都戴着白帽子，穿着白色工作服，戴着围裙，右手用一双长筷子不停翻动着锅里的油条，不一会儿，左手用笊篱捞着，右手用筷子压着，一大锅油条出锅，甩放在秤台上的大托盘里。在公斤称上啪啪地扶着秤砣，拨动着指针。

半斤、一斤、一斤半，一家家买上热气腾腾的脆香焦黄的油条，急匆匆走掉，赶着回家，一家人一起享用。白米粥、油条加小咸菜，金不换呢。

【肖墙南】

北肖墙的南面是一家菜店，石灰砌的前台，后面立着些砖头砌的架子，走风漏气的。冬天到了，菜店里堆满了一层层白菜，一捆捆大葱，萝卜、土豆都是一堆一堆的。

那时家里住的是平房，房前垒的鸡窝，还养了一两只鸡。我有时跟姥姥或妈妈去菜店，买完菜，看到地上别人扒下的菜叶总要捡回来一些，洗洗、剁剁，拌些玉米面，喂鸡吃正合适。

夏天晚些时候，我们会挑好的西红柿整筐整筐地买回来，准备做西红柿酱。妈妈会挑出一些熟透的、擦破皮的，给我和弟弟撒上糖拌着吃，或者直接吃。那时的西红柿真好吃，咬一口，汁多且甜，还是沙沙的，经常一天吃好几个西红柿。

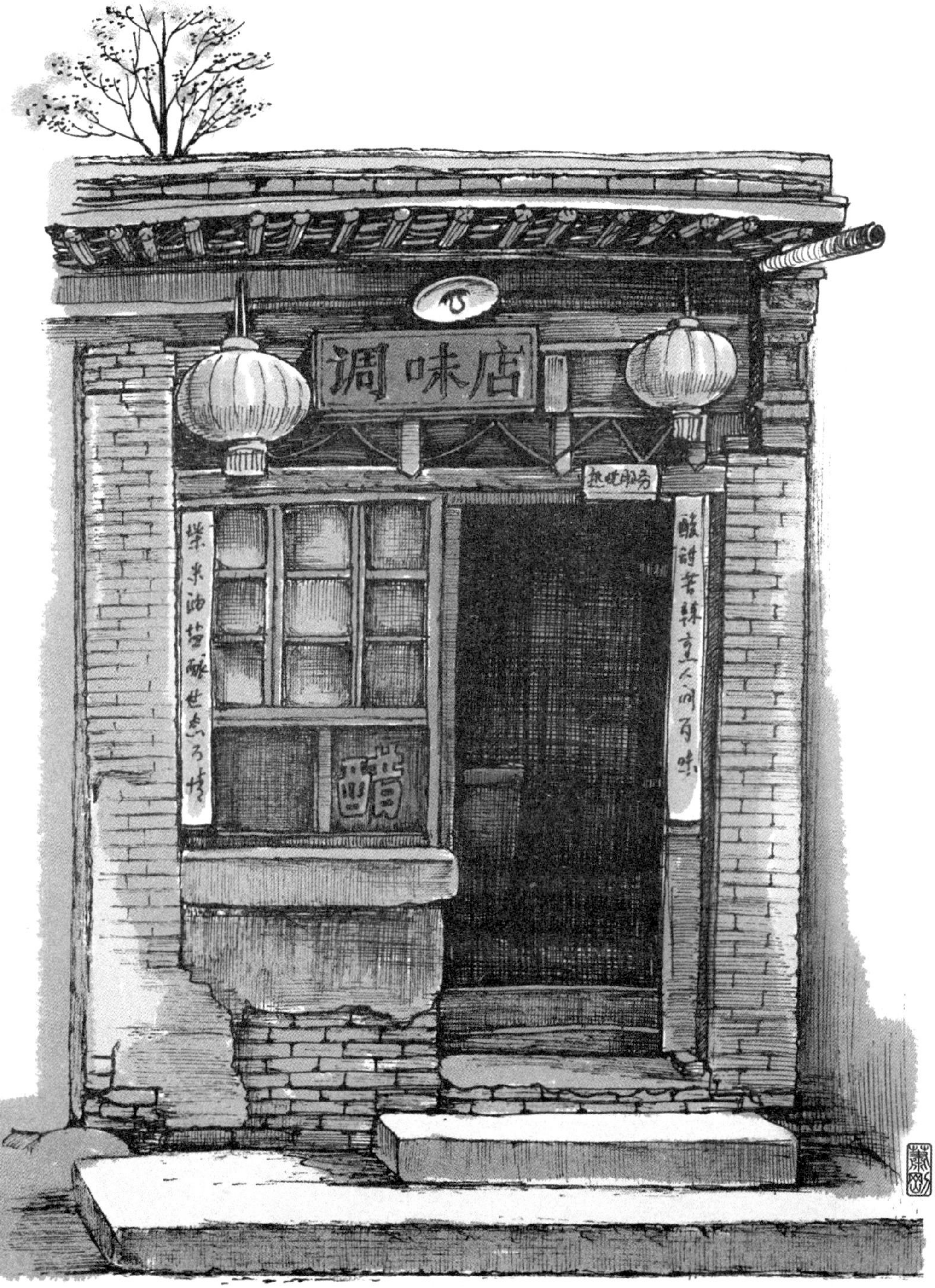
调味店
热忱服务
柴米油盐酿世态之情
酸甜苦辣烹人间百味
醋

　　很快到了调味店，那股味道很好闻，我常常要站在门口提口气，迈进店门，慢慢地让醋味、酱味一点点沁入心脾。

　　姥姥和妈妈忙活着洗西红柿，洗输液瓶子、瓶塞。西红柿会堆满一个大澡盆，洗净、晾干、烫煮、剥皮、剁碎，灌入消毒过的瓶子里，盖紧，上锅蒸。时间不能长不能短，长了瓶塞就爆了，短了酱就欠火候。蒸好出锅，冷却，一瓶瓶红红的西红柿酱就做好了。爸爸是军医，能从医院找些输液瓶子回来，一个个输液瓶子，大小一样。装着红红的西红柿酱，就像整装待发的士兵，神气着呢。做好西红柿酱，是入冬准备中的重要一项，安顿好这件大事，姥姥和妈妈可以安心一些了。

怀述槐树

　　这是小时候我眼中的那两棵古槐吗？我站在一隅，呆呆发怔，遥遥相望。怎么可能不是他们呢？我想伸手去抚摸一下他们的身体，可根本够不着。我快要掉下泪来，就像眼见着亲人，却不得相认。

　　我们一生见过很多树，门前的，巷口的，路旁的，途中的，远处的，山上的……然而午夜梦回时，会是哪棵树入梦呢？学者王开岭说他若死时，要埋在一棵梧桐树下，我想我要埋在槐树下。

　　槐树，在我生长的这个北方城市太普通了。门前道旁尽是槐树。槐树的枝干尤其粗糙皲裂，样子并不像杨树、桦树等直挺挺、光展展的。槐树的树皮总比别的树更深晦，皱纹更深刻，如果你只是平视这棵树，实在没什么令人喜欢的。然而仰望之际，你会深深爱上她，她的叶子不大，细碎整齐，简单干净，每一片小叶子都撑得绿绿的。她的枝干高挺，华盖亭亭，有风吹过，她的叶子不张扬，发出窸窸窣窣的声音，因为她的叶子都小小的，所以把倾泻下的阳光可以摇得金光散落，目眩神摇。

槐树在春天并不是最早爆嫩芽的，迎春花、桃花早早地绽放。槐花总是要晚一些时日，可是槐花一开，那可是一串串、一枝枝、一树树，花朵还是小小的，白白的，香得清淡，香得安心。

小孩子们会爬上树摘槐花，似有若无的槐花香萦绕着整条街。路上，小孩子会吸槐花蜜；家里灶台上，手巧的主妇会用槐花拌了白面杂面，蒸出来，浇上蒜泥、辣椒，吃槐花拔烂子。

有槐花的日子，人们摘着槐花，吃着槐花饭，做着槐花味的梦，雾霭晨昏里，无事此静坐，一日似两日。这样的日子，心安、悠长。

小时候不知道近郊晋祠有两棵老树颇为有名，一曰周柏，一曰唐槐。那唐槐，腰粗三围，老枝苍虬，但挺拔身姿，老干上生生不息地发出一簇簇新条，新枝旧叶，叶叶相接，叶海如盖，微风拂动，一派道骨仙风。后来去过晋祠无数次，觉得"唐"这个字非常适合槐树。唐朝是我国历史上的繁华盛世，国富民强，诗赋绚丽，整个唐朝是一个开放的、文明的朝代，是一个贴近民众、直抒胸臆的朝代。这个朝代高贵却谦卑，务实又浪漫。而槐树就具有这样的气质，虚怀若谷，水深流缓。

槐，即怀也。乡，即想也。想念故乡、回忆童年时，就会怀念，就会想到槐。

想到槐树，我还会想到一个人，他是我的姥爷。

姥爷离开我们时，我年仅六七岁，但姥爷的模样我记得很清楚。姥爷生得面若银盘，口鼻端正，眉目疏朗，双耳垂肩，活脱脱一幅菩萨样儿。妈妈是姥爷最小的闺女，姥爷最疼妈妈这个老闺女，所以也非常疼爱我。

记得小时唯一的玩具是一个红绒布洋娃娃，这是姥爷给我买的。我至今仍然记得那个洋娃娃十分漂亮，是那种站起来眼睛睁开、躺下眼睛就闭上的。头发是金黄色的卷发，身上穿的是红红的绒布衣服，手是橡胶的。我常常抱着她。后来我咬断了洋娃娃的一个手指头。小时候照片上我总是怀抱着洋娃娃，安安静静地看着镜头。

姥爷拉着我，走在当时的北肖墙、典膳所、柳北附近，这些小街小巷都种着槐树。姥爷拉着我溜达在槐香树影下。

"小青子——给你——"

姥爷给我买了个小拨浪鼓。

"姥爷，我要——"

姥爷又给我买了块小枣糕。

姥爷年轻时应该是标准的美男子，一脸佛相，腰板笔直。姥爷

原籍河北，家族是殷实旺族。他识四书读五经，对妈妈和姨姨们要求很严，在当时生活并不富裕的情况下，把他的三个女儿均培养出来，一个是幼师，一个是医师，一个是读了洋文的大学生。姥爷不许姨姨和妈妈光腿光脚穿裙子，裙子必须过了膝盖，及至脚踝。姥爷那时穿的多是中山装，领口永远立着雪白熨整的衫领，这在当时应该是很绅士的装束吧。姥爷不怒自威，话语不多。嘴角眼角均向上飞扬，隐约透着笑，又似乎看透了人生，笑而不语。

我琢磨不透姥爷，但还总喜欢跟在姥爷身旁。从家出来拐到肖墙路上，一路上有澡堂、有邮局、有副食店。

路过澡堂，能看见头上裹着毛巾，脸上嘀嗒着水走出来的人。在澡堂附近能闻到一股热腾腾的水汽味，现在这样的澡堂已少见了。

再往前走，路西就是邮局了，邮局门口有一个绿色的木制的大邮筒。过去人们寄信是要把信扔到邮筒里的。姥爷会常常给远在家乡的亲人写信。写完信，会拉上我去邮局。

邮局的大门也是绿色的。窗棂窗框都是厚实的木板钉制的，地板是石灰的，由于经年人来人往，地板面光滑柔腻。邮局大门正对面是一长串柜台，里面坐着服务员，进门右手处立着一张长桌子，铺着玻璃，上面放着一个偌大的浆糊瓶，瓶口开着，口上插着一个很粗的木棒或纸棍棒。这是方便顾客买了邮票贴邮票，写信封地址的地方。邮局的房顶比较高，夏天进来，一下子就凉快下来。有时，有的人并不寄信，图个凉快，也会插脚进来一下。

那时的邮票是8分钱，姥爷喜欢一下买好几张。其实我更想让姥爷一次就买一张，下次就可以买不一样的邮票。姥爷会教我粘邮票，然后从中山装口袋里抽出钢笔，认真填写好地址。写好后，把钢笔又插在胸口位置的口袋里，再仔细检查一遍，然后郑重地粘住信封口。一边封着，一边看着，姥爷肯定在想，这一信封的话可以好好说给家乡人听。

"小青子，去投信吧。"

然后姥爷会把信封交给我，我捧着信封跑出邮局，跑到邮筒前，踮起脚尖，用劲儿把信封从信筒口扔进去。

有时我会看着邮筒发怔，信是怎么到了远方的亲人手里呢？

邮局往南就是副食店了，每次路过这儿，我也很高兴，姥爷如能进店买吃的固然好，即使不进店，只在店门口闻闻点心味都美妙极了。

再往前走马上就要到柳巷北路口了，我们不走了，因为在路口有两棵好大好大的槐树。走到槐树这儿，肖墙路就快走完了，再往前，就是别的大街小巷了。

彼时的肖墙路并不宽敞，店铺高低错落。两棵老槐树挤在路的西边，一前一后，遥遥相望。小时候记忆中，他们就是老朽枯槁的枝干，老朽皲裂的树皮。

这两棵槐树枝干粗壮，比其他地方的槐树显然要年长许多岁。关于这两棵老树，作家李锐这样写道：

巷口是人、车交会的地方，树下面来去匆匆的车流和人流嘈杂纷乱，很少有谁抬起头来看看这两棵老树。

而于我，是一定看得到这两棵树的，因为看到他们，意味着和姥爷的短暂"旅行"将进入返程阶段，我们该回家了。

"小青子，咱们该回家了。"

"好的，姥爷。"

这两棵树是路标，是我和姥爷的约定。

然而三十年过去了，记得二十世纪九十年代中旬，大学毕业时和先生（当时只是友人）一起骑车游玩，骑到柳巷北口时，我惊呆了。

原来低矮败落的街巷已荡然无存，记忆中熟悉的邮局、杂货店也踪影全无。取而代之的是修葺一新的宽敞马路，名曰三墙路，即打通了原来北、南、西肖墙，马路两旁耸立着笔挺阔绰的高楼……

我怎么也忘记不了当时我的心狠狠地疼了一下，一个声音在说：

噢，我的童年去哪了儿？

我找不到了。

就在这时，我看到那两棵古槐。

他们被汉白玉栏杆围起，高高在上，孤独自处。

　　这是小时候我眼中的那两棵古槐吗？我站在一隅，呆呆发怔，遥遥相望。怎么可能不是他们呢？我想伸手去抚摸一下他们的身体，可根本够不着。我快要掉下泪来，就像眼见着亲人，却不得相认。

　　那一刻，我突然明白，有些时光永远不再回来了。老槐树还是原来的老槐树，而我们之间却相隔了不能穿越的时间。老树越千年，吐翠依旧，籍着微风，仿佛在飒飒低语。

　　如果有来生，

　　要做一棵树，

　　站成永恒，

　　没有悲伤的姿势，

　　一半在尘土里安详，

　　一半在空中飞扬，

　　一半散落阴凉，

　　一半沐浴阳光。

　　非常沉默，

　　非常骄傲，

　　从不依靠，

　　从不寻找。

　　好的，做一棵树，我要做一棵槐树，给那爷孙俩罩着绿意阴凉，给过往行人飘过清淡槐香，告诉孩子回家的路就在前方。

旧时堂前燕

那满窗斑斓的邮票让我的童年多了一抹彩色的绚丽，让我总感觉窗外会有好的风景。

花开有时

每当荚竹桃开得最艳丽时，姐姐们会欢喜地给自己涂红指甲汁，然后一定要给我也涂。我坐在小马扎上，安静地乖乖听任两个姐姐摆布。

对音乐最初的启蒙应该是来自孔阿姨。

孔阿姨是妈妈学校的音乐老师，和我们一起住在学校的一个小四合院里，孔阿姨家住在正东房，我们住在旁边的北房。一个院里有七八户人家，家家户户都在窗前、门前种许多花草。孔阿姨家门前摆着满满的粗瓷花盆，种着开粉红色花朵的荚竹桃。那时我大约一两岁。

在那个年代谁家有架钢琴，那简直是件稀罕事。长大些后，妈妈曾笑着回忆道，孔阿姨家里经常飘出弹钢琴的声音，门前经常弥漫着若有若无的花香。有一次，我竟然自己从家里爬下木床，爬出门，顺着声音爬了几阶台阶，爬进孔阿姨家里，一直爬到钢琴前，把当时正在弹琴的孔阿姨吓了一跳，遂又开心地赶紧一把抱起我，几步走到门前，掀起门帘，叫着：

"婷——小青子爬到我家了！"

这个孔阿姨是上海人，皮肤细腻白皙、白中透粉，瓜子脸，樱桃嘴，一副金丝边眼镜，镜片很厚，有点看不清镜片后的眼睛。眼镜腿上吊着好看的金色链子。身形瘦削，腰板舒展，什么时候穿衣服都十分合身、得体。说话的声音似乎也在唱歌，孔阿姨学的应该是美声，她的每一个字符就像诗里写的"大珠小珠落玉盘"似的，会发出清脆的回声，就像每一个琴键弹下传出的余音。

妈妈是英语老师，模样也生得俏丽。孔阿姨比妈妈年长几岁，和妈妈相处得融洽，并时不时关照妈妈，因为爸爸常年不在身边，又有我和弟弟需要照顾。有一次我半夜发高烧，孔阿姨推着自行车，陪妈妈去医院，等我退了烧，又一块在漆黑的夜里返回院里。孔阿姨对妈妈说，婷，你长得好，可你一点也不娇气嘞。

孔阿姨的家是正房，印象中比我们其他房子要高出几个台阶。房子好像也高出好多，地上铺的是木地板。每次到孔阿姨家，踩着嘎吱嘎吱的木地板，看着窗外摆的各种绿色植物，看着阳光透过干净的窗户照在蒙着白纱的钢琴上，觉着孔阿姨家好美，美得让人有点不敢靠近。

孔阿姨的先生也是教音乐的，在一所大学里，东北人，身材高大魁梧，面膛发黑，头发浓密，眼睛浓黑深邃，男人味十足。孔阿姨和张叔叔绝对是令人羡慕的才子佳人。孔阿姨是娇小精致的上海女人，而张叔叔则是风流倜傥的东北汉子。

但他们的生活绝不是平静的。一来孔阿姨有洁癖和执拗的地方；二来，常常有女学生来向张叔叔求教唱歌什么的。所以孔阿姨家里除了琴声、歌声，还有吵架声。因为两人都是学美声的，一个高音，一个低音，他们的吵架声时而如狂风骤雨，时而如光耀大地，高低起伏，粗细勾连，荡气回肠，宛若史诗磅礴。中间偶或摔个碗啊杯啊的，好像夹杂的伴奏。

每当这时，妈妈站在东房台阶的门前，欲进还休，按捺不住，猛冲进时，这对音乐伉俪正立在堂中，四目怒视，气喘吁吁。妈妈赶紧拽住孔阿姨，孔阿姨这时会厉声叫道：

"婷——别管我——"

孔阿姨生了两个女儿，小荷、小蕊。两个女儿长得活脱脱是年轻的孔阿姨，都是美人胚子。皮肤紧致，樱桃小嘴，连说话声音都和孔阿姨如出一辙，笑声、哭声、说话声都嘎嘣脆。张叔叔不在时，孔阿姨在院子里总爱叫道：

"小荷呀——小蕊呀——"

两个姐妹自幼习琴，孔阿姨教琴十分严格。我们小朋友在院子里玩泥巴，摘狗尾巴草，看蚂蚁爬时，有时会听到孔阿姨惯有的高声——"这个音符弹错了！"我们都挺可怜小荷姐姐和小蕊姐姐。她们几乎没有时间和我们玩。

但是每当荚竹桃开得最艳丽时，姐姐们会欢喜地给自己涂了红指甲汁，然后一定要给我也涂。我坐在小马扎上，安静地乖乖听任两个姐姐摆布。她们把花瓣放到一个小碗或小盘子里，加上明矾，一起碾碎。拿小勺把花泥放在指甲盖上，一动不能动，过好一阵子，姐姐们才把花泥拿开。一看，我的指甲真的变红了！

所以一看到荚竹桃快开花了，我就兴奋了，又快染指甲了。

孔阿姨一心培养着两个宝贝女儿，两个姐姐后来都从事了音乐教育，一个在国内，一个在国外。

但她们的婚姻都不太幸福，尤其是小蕊姐姐漂泊英伦，几经变故，但也应该秉承了孔阿姨的执拗和坚强，嫁给一个英国人，是个大学物理教师。七年前，小蕊姐姐回国，我们款待了她的三口之家，她的混血宝宝长得十分漂亮。

孔阿姨和妈妈过年过节时，偶尔通个电话，多年前她已随张叔叔回到了东北。我听着妈妈和孔阿姨在电话里七零八落地聊着家常，想想当年两个美女子已是迟暮老人。她们会记得月黑风高从医院返回小院的夜晚吗？她们还记得当年小院里恣意开放的荚竹桃花吗？

西院人家

午夜梦回时却常常想着小院，梦里总是回到小院，那个我生活了近十年的院落，虽然它早已夷为平地，化作尘埃，可是小院里的家家户户，小院里的日日夜夜，都是那么清晰，那么明亮。

我四五岁时，我们从小四合院搬到了学校的西院，这是由南至北的一排平房，有近十间房，住了七八户人家，都是学校的老师们。西房东面也并列地搭建了简易的厨房，与每家每户的正房相对。

东西房中间是一条宽不足五米的小道，每家西房门前都会种些花花草草。小时候，姥姥姥爷曾在门前搭过鸡棚，养过几只母鸡。院里中央处有公用水管。现在想想，觉得真有点不可思议。可那时，去水管打水、洗菜、洗衣是多么平常的事啊！院子的最西头是公共厕所，因为在最里头，如果是黑夜上厕所，总会很害怕，假想周围总有怪物藏在黑暗里。

西房的质量很好，青砖青瓦，印象中房檐边都雕着龙凤图案，房子很高，冬暖夏凉。东墙上有又高又宽的对开大窗户，西墙上有一小扇窗户，不足半米见方，高高在上。站在床上，踮起脚尖，也够不到西墙窗户的。这房子估计是阎锡山时期遗留下的比较高级的校舍，妈妈所在的学校前身是新中国成立前的国民女子师范学校旧址。

厨房虽说是临时搭建，可每家每户都充分利用，有的人家不仅当了餐厅，人口多的会在厨房一角搭个床，也可算作次卧吧。因是临时搭建，所以房子可以说走风漏气。我稍大以后，睡在厨房旁的隔段里，常常会躺在床上听房顶上老鼠跑来跑去的声音，虽然家里养了猫，可梁上的老鼠仍然嚣张。

西院的大门在院东头，是一扇结实厚重的木门，左右拉开，有木栓，可上锁，门前左右立了两个小石墩子，上面卧了两只小石狮子。门前有三五个台阶。

出得门来，是一条宽约不足六七米的小巷。这是真正的小巷，如果两边都有自行车经过时，两侧的车子都得捏闸刹车。

我们家西墙窗户外正好有一个下水道井盖。晚上只要自行车经过时，井盖就会咯噔响一下。有时妈妈外出有事，姥姥带着我和弟弟在家，我们就躺在床上听窗外的声音。井盖咯噔一声之后，要是木头院门再有吱扭响声，那很可能是妈妈回来了。

　　姥姥经常惦记着锁大门，没有谁委托她。可几乎每晚她总是要在十点多，迈着小脚，一步一挪地走到院门口，从院门里侧把大门绕条铁链子锁上。

　　如果谁回来晚了，看到谁家的西墙亮着灯，就在窗户下轻轻拍打一下谁家的外墙，"我是青子妈"，或是"我是冬儿爸"，邻居们都会麻利地披件衣服去把大门咯吱一声打开。

　　小时候觉着小院的院门很宽，小院的土路很长，西房很高，各家的煤堆满满的，厨房总是香气四溢。

　　上了初中，有一次邀请同学们去家里玩，大家如约骑自行车一起来家里玩。可是越快到了，我却越有些惶恐。到了大门时，发现大门怎么有些破损了，一进院，就感觉小院怎么这么败落，厨房破旧低矮，正房垂垂老矣。我为自己在这个小院生活感到局促和羞愧。那时已经有楼房、有煤气、有暖气了。

　　可是多少年过去了，已到不惑之年的我，午夜梦回时却常常想着小院，梦里总是回到小院，那个我生活了近十年的院落。虽然它早已被夷为平地，化作尘埃，可是小院里的家家户户，小院里的日日夜夜，都是那么清晰、那么明亮。

　　那里有我的童年和少年时代。

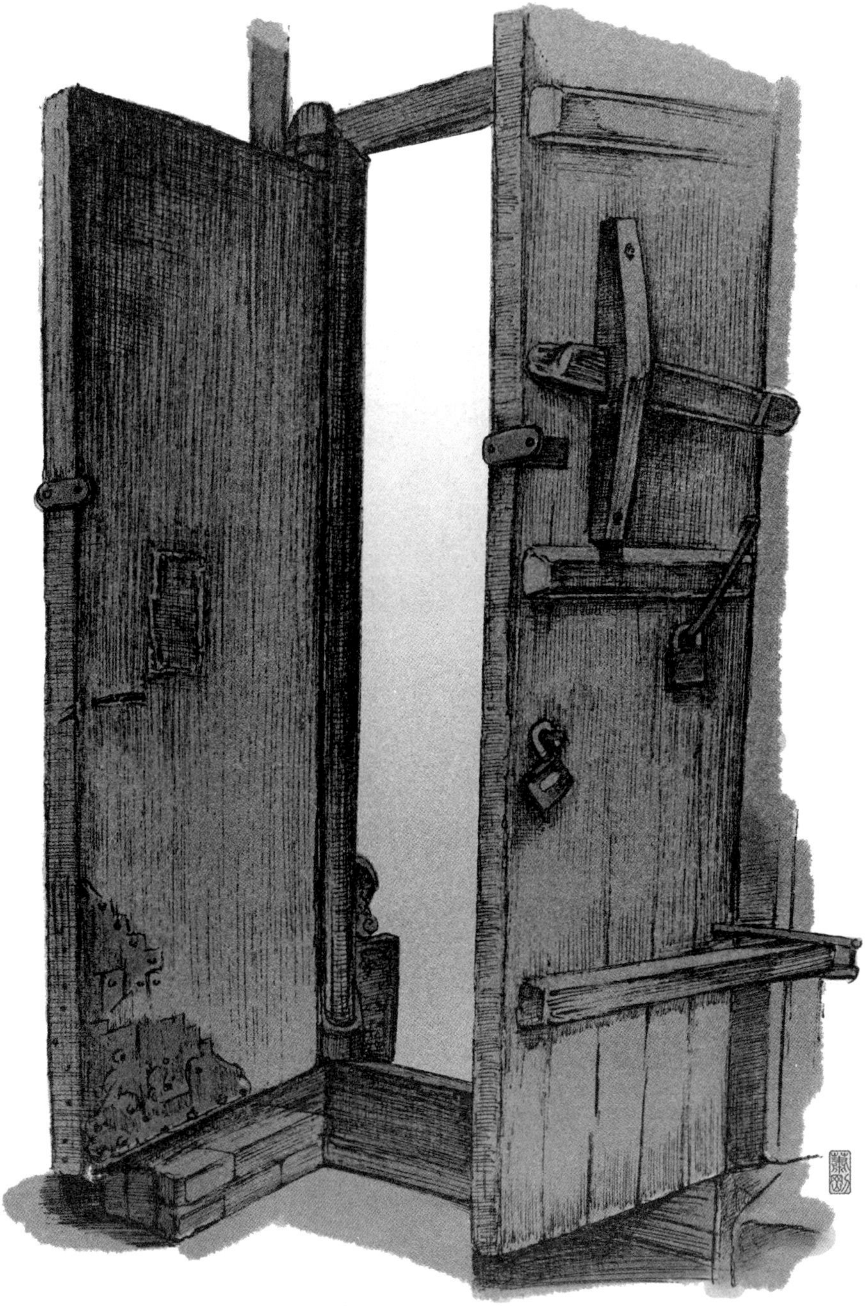

　　午夜梦回时却常常想着小
院，梦里总是回到小院，那个我
生活了近十年的院落。虽然它早
已被夷为平地，化作尘埃，可
是小院里的家家户户，小院里
的日日夜夜，都是那么清晰、
那么明亮。

朱砂明月

梁老师每天从我家经过走向他自己的家时，我觉着他的背一天天更驼了，愁苦相更浓了。从他的家里间或传出摔碗砸盘的声音。

在小院里，我们生活了十来年，其间有邻居搬走了，又有新的邻居搬来了。而我们一家却在小院始终过着平静的日子。

姥姥除了去舅舅姨姨家住的日子外，大部分时间和我们在一起。姥姥生得皮肤细腻白皙，面色白里透粉，银发丝丝不乱，整整齐齐地在脑后盘一个髻。身量纤弱，青衫黑裤，小脚脚踝处绑着黑色绑腿带，衣领也和姥爷一样永远衬着白领子，干干净净、平平整整。现在的孩子是不会见过小脚女人的。姥姥虽是小脚，却每天做很多家务，帮妈妈带我和弟弟，喂鸡、种菜、生火、做饭。

妈妈不想让姥姥干太多活，每次下课回到家，看到姥姥又做了很多活，就会发脾气：

"娘，谁让你干这了！"

姥姥总是盘腿坐在床上，两只手握在一起，两个大拇指来回上下缠绕，低声说道：

"俺没干啥，俺不累。"

其实在妈妈进家的前两步，姥姥刚刚把一切弄妥当，坐到床上，累得正哼哼着"嗯——哼哼哼"呢。

姥姥与人为善，谁家有事都会热心帮忙。姥姥养的鸡下了蛋，或种的小辣椒什么的结了果都会与人分享，在院里是出了名的好老人。

而让姥姥常常感念的是院子靠里边住的梁老师。梁老师是学校的语文老师，育有二女一子，身材高大，但背总有些微驼，长脸庞，眉毛平平地舒展着，眼睛不大，看人总是充满柔和与一种伤感。我总觉着梁老师有股愁苦相，他头发不长不短，大多支棱着，有很多时候，头发显得有点凌乱。

虽然梁老师家住在靠院里边，但他家经常吵架甚至摔打东西，全院都听得见。梁老师的爱人是工厂的工人，印象中她已发福，烫着满头卷发，她笑的时候让人感觉那笑容不是很自然，勉勉强强的。

听妈妈说，梁老师是家中独子，老母亲守寡多年，把他抚养成人。本来他有一个自己中意的姑娘，也是一个老师，但她家里成分不好，会影响梁老师的前途。老母亲知道后，苦苦哀求，梁老师只得切断了这段情缘，奉母命与现在的妻子成亲。但是梁老师心上始终忘不了他的"林黛玉"，忘不了心口的朱砂痣。后来那个女老师调到别的城市，梁老师别无他想，尝试着适应眼前的明月光，对眼前的日子也就勉强支撑着过。

梁老师是个孝子。记得他的老母亲住得离我们不太远。梁老师做了什么好吃的，会拎上饭筒或端着锅，给他的老母亲送去。

老人们爱尝个鲜什么的，比如谷雨前的香椿苗、刚立秋的桃啊、杏啊什么的。梁老师在给他老母亲买吃食之余，会给姥姥买一些，用个白手帕包着，进院后端着送给姥姥。姥姥要是想买个什么针头线脑，妈妈又没时间，梁老师都会替姥姥买回来，把事办得妥妥帖帖。

我和姥爷常常去邮局，慢慢喜欢上了集邮。梁老师是个集邮迷，记得每年的生肖邮票，都需早早排队购买。梁老师总是为我多买一份，送给我。好像我的第一个集邮本还是梁老师送的。

那时，爸爸一直在外地工作，我要求爸爸每次写信回家要贴不同的邮票，渐渐地我也有了一些邮票。梁老师教我把贴邮票的那块从信封上剪下来，用凉水泡着，一两个小时后邮票就乖乖地从信皮上滑下来了，再拿清水把邮票背后的浆糊洗干净，然后，可以把干净的邮票贴在干净的玻璃上。

我常常把邮票贴在家里的南面大窗户上，一张一张，有时要贴七八张呢。

清洗邮票也颇有讲究，首先，不能着急，还没泡够时间，使劲撕，会撕破邮票；其次，清洗时要用力均匀，一不小心，也会弄烂邮票。梁老师送了我一把小镊子，专门夹邮票用，以免碰伤或留下太多指纹。我清楚地记得我用小镊子把一张张湿邮票贴在玻璃上的满心欢喜。也清楚地记得小伙伴们钻进家里欣赏窗户上邮票展览时的满眼羡慕和我的洋洋自得。

梁老师告诉我邮票虽小，世界却很大，给我讲邮票里的故事。梁老师偶尔会蹦出一两句古文什么的，我听不懂。妈妈告诉我，梁老师肚子里可有学问呢，就是有点可惜了。

梁老师和姥姥说话时，眉眼是舒展的，也许他看到姥姥，想到了自己的老母亲。梁老师每天从我家经过走向他自己的家时，我觉着他的背一天天更驼了，愁苦相更浓了。从他的家里间或传出摔碗砸盘的声音。

后来，梁老师的母亲不在了，他更是孤儿了，曾经爱过的人也杳无音信。而自己的家却总有纷争。

再后来小院要拆除，梁老师也退休了，不知搬到哪儿去了。

大约又过了近二十多年吧，妈妈千方百计打听到梁老师的住址和电话，在一年的冬天，我陪妈妈坐车很不容易地找到了梁老师的家。

梁老师真的老了，头发灰白相间，满脸的皱纹，但年轻时的善良、愁苦、懦弱依然若隐若现。他的家人都出去了。

"小青子都长这么大了。"

"我的日子好多了，老了，闹了一辈子，闹不动了……孩子们也都挺好的……"

妈妈出得门来，对我说：

"梁老师对你姥姥那么好，我就一直想来看看他。"说着妈妈叹了一口气，"也不知还有机会再见到他吗？"

梁老师，不过是一介书生，不过是朱砂明月的望穿愁肠，却经历了那个年代的悲剧人生。

梁老师，你知道吗？谢谢你教我学会在方寸之间品味人生，气定神闲。那满窗斑斓的邮票让我的童年多了一抹彩色的绚丽，让我总感觉窗外会有好的风景。

堂前旧燕

小黄夫妇是最普通、最平凡的北京知青了。他们在返京大潮中回到北京。我再也没见过他们。听说大丫当了公交车售票员。我每次出差到北京，如果坐公交车，就总在想：

"会是大丫在卖票吗？"

我们家南边邻居是黄校长，六十开外，据说他的父亲是教育界前辈。他瘦削身材，精神矍铄，总是卡其布料中山装，脚蹬一双白边黑布鞋。而黄奶奶则常年因病卧床，头发雪白，面色苍白，圆脸庞，大眼睛深陷着，偶尔也能坐起身来，但眼睛总爱骨碌碌转来转去，有点像猫头鹰。说实话，我们小孩子有点怕她。

而黄校长的儿子儿媳就住在他们房子隔壁，两间房中间开了一个门，就像我们现在的二居室，这在当时已是很高级的待遇了。我们叫黄校长的儿子小黄叔叔，儿媳小雅阿姨。

小黄叔叔和小雅阿姨有两个女儿：大丫和小丫。她们和弟弟的年龄相仿，五六岁，所以他们三个常常玩得十分开心。

最有趣的是一年夏天，葡萄上市了，不知他们从哪儿搞了四粒葡萄，而他们是三个人。

妈妈说，她当时正在窗下桌前备课，听见这三个小不点在院子里商量怎么办。

弟弟说，我有个好主意，我先吃一粒葡萄，然后我们三个一人一粒，你们觉得怎么样？大丫小丫连连拍手。

妈妈在屋里听到他们的对话，扑哧笑起来。见了小黄叔叔和小雅阿姨开心地告诉他们，他们也跟着笑起来。

小黄叔叔夫妇都是工人，有时要倒班，但家里所有的家务小雅阿姨都能安排妥当，照顾老人、孩子。小黄叔叔大多时候比较悠闲，搬把凳子，坐在窗前的瓜藤树叶下，跷个二郎腿，捧一本《人民文学》《百花》或《小说月刊》什么的。直看到小雅阿姨从里屋传出叫声：

"小黄——吃——饭——了——"这时小黄叔叔把书合上，吹一声口哨，应着：

"好嘞！"趿着拖鞋，掀起门帘，进了屋里。

那时电视机是一件非常奢侈的东西。小院里只有黄校长家里有电视。

好像那时正在热播一部香港电视连续剧，在当时可以说是万人空巷。一到晚上八点多，街上都没有车轱辘声了，我们小院的人都挤到黄校长家看电视了。有时，大人们不好意思天天去，可孩子们却不管不顾，一到点儿，就搬个小马扎或小木凳，一个挨一个，钻进黄校长家的竹帘下，挨墙乖乖地坐成一排，眼睛直勾勾地盯着电视。

小黄叔叔通常和我们一起看电视，有时加些评论。黄校长从来没嫌孩子们麻烦，只是看完精彩部分，黄校长会提醒大家作业写完没，差不多是该睡觉的时间了。小黄叔叔也一拍大腿，站起来说：

"好了，小家伙们，今儿就看到这吧！"

我们几个小不点尽兴之余悻悻然走出门来，门外星光闪烁，凉风扑面。

我们又在期待明天晚上。

小黄叔叔一家四口长得很像，都是圆脸庞、大眼睛、嘴唇厚嘟嘟的。夫妇俩个子都不高，小雅阿姨比较耐看。大丫性格像个男孩子，大大咧咧，爱和弟弟在小院追逐打闹，大声叫唤。小丫则要秀气好多，总是乖巧地跟在哥哥姐姐身后。有时我也带他们在院子里玩捉迷藏的游戏，煤堆、水缸、鸡窝，都是我们藏身的好地方。

我们每户人家窗前都种了一些花草瓜果，砌上小砖沿儿，搭上小木架，捆上小绳子。一到夏天，每家窗前都绿莹莹的，都有一大片阴凉。有种牵牛花的，还有种丝瓜、黄瓜、豆角、西红柿什么的。我会带领弟弟妹妹侦察每一块绿色地带，我们会摘下靛紫色的牵牛花，在嘴上沾点唾沫，把根部轻轻一抽，有一根细丝可以耷拉下来，然后我们把花粘在脑门上，左右摆晃，花蒂部分也在眼前摆晃，感觉自己像王后或公主。

记得有一天，小雅阿姨很晚才回家，这在之前是没有的。小黄叔叔显然很焦急。我们玩累了、玩饿了，自然要找妈妈。可小雅阿姨过了饭点还没回来。

妈妈叫大丫、小丫在我们家一起吃了饭。大家都有点担心呢。

这时，小雅阿姨回来了，低着头对大家说加班来着。只是这以后小雅阿姨加班的次数似乎越来越频繁了。

终于在一个晚上，小黄叔叔夫妇的战争爆发了。小黄叔叔把小雅阿姨关在屋里狠狠打了一顿！打得她脸上一半青紫，两个眼圈发黑。我们听到争执，大人们敲门拍窗，小黄叔叔从里面传出吼声：

“你们谁也别拦我！”

“小黄，有什么事好好说，一个大男人怎么打女人啊？”

“婷老师，你问问她，都干了什么！”

小黄叔叔喘着粗气，一使劲儿把门踢开了。

后来听妈妈说，小雅阿姨每天在家做也做不完家务，心上生烦。这时厂子里一个男同事曲意迎合地，讨她高兴，有时约小雅阿姨逛逛街，看场电影什么的。小雅阿姨觉得心上舒畅了许多，也越来越依靠男同事。其实这位男同事也早有家室儿女了。妈妈知道缘由后，苦苦劝小雅阿姨回心转意。同时，妈妈又做小黄叔叔的工作，让他更多地关心照顾小雅阿姨，帮她分担些家务活。

此后，这对夫妇再也没打过架。只是黄校长却意外去世了，院子里的人和学校一起帮他们办理了后事。小黄叔叔沉默了许多。偶尔还会在院子里看文学杂志，弟弟和大丫小丫都上小学了。再后来，黄奶奶也走了。

小雅阿姨算是北京知青，她的父母、兄弟姐妹都在北京，住在胡同里。等小黄叔叔父母相继离世后，他们强烈要求小雅阿姨一家返回北京。小黄叔叔并不太愿意离开小城，离开小院。看到岳父母的心愿，看到小雅阿姨的盼望，他也就同意了。

我小学毕业时，爸爸正好在北京某部队医院进修。我们一家四口在北京相聚，当时就是住在大丫小丫姥姥家。老人家也是圆脸、大眼、厚嘴唇。很会做饭，尤其是西红柿炸酱面做得好吃极了。就是房子不大，比较紧张。在一个小四合院的东南角。

小黄叔叔他们刚回北京时，只能住在岳母家。他们一定很不习惯，很局促吧。

小黄夫妇是最普通、最平凡的北京知青了。他们在返京大潮中回到北京。我再也没见过他们。听说大丫当了公交车售票员。我每次出差到北京，如果坐公交车，就总在想：

"会是大丫在卖票吗？"

少年心事

我欣喜地低头翻着新书，玉儿哥哥站在我身旁，也一块儿看着。藤架子上饱满的绿叶随风吹动着，散落点缀的牵牛花也一块抖擞飞舞着。阳光一块一块、一片一片散落在我手中的书上。

黄校长一家人搬走了，王校长一家人搬来了。

王校长有两个儿子，一个上高中，一个上初中。王校长的爱人惠阿姨来自晋北农村，没有工作。所以一家四口的经济来源全部来自王校长的工资，王校长家的日子应该是比较紧张拮据的。

惠阿姨个头不高，简单的短发，一口浓重的方言。但走路快，干活快。王校长家里基本没什么家具，但你进了家里，会感觉哪儿都是发亮的，写字台面油亮亮的，一个小座钟也是亮闪闪的。家里的镜子、窗户更是透亮。惠阿姨总是在洗衣做饭擦拭家具。

王校长的方言我也听不太懂。他好像很爱看报纸，爱背着手踱在院子里，当时正值前苏联解体时期，他会操着浓重乡音和院子里的教师们讨论前苏联局势。但他总是把"戈尔巴乔夫"读成"戈尔乔巴夫"。大儿子宏儿和小儿子玉儿都不爱多说话，宏儿更寡言一些，个头要高些，方脸宽身子，我基本没有和他说过几句话。玉儿哥哥比我大两三岁吧，个头不高，身材瘦弱，眼睛小小的，眯成一条缝，戴个近视眼镜，但玉儿哥哥总爱抿嘴微笑。他路过我们家门前时，会冲妈妈或者我笑一笑。

那时我应该快上初中了。喜欢一个人静静地读书、听音乐。玉儿哥哥也非常喜欢音乐和读书。我发现他竟然有一把吉他！那是多么奢华的东西啊！他还有一个老旧的半砖头卡式录音机。他的抽屉里竟然有许多盒钢琴王子理查德·克莱德曼的钢琴曲磁带。他知道我也爱听音乐后，很慷慨地把他的宝贝磁带借给我听。

我记得有一盒吉他磁带，是他非常喜欢的吉他手专集，是他好不容易买到的。他手捧着磁带，进了院子，找到我，告诉我他可算

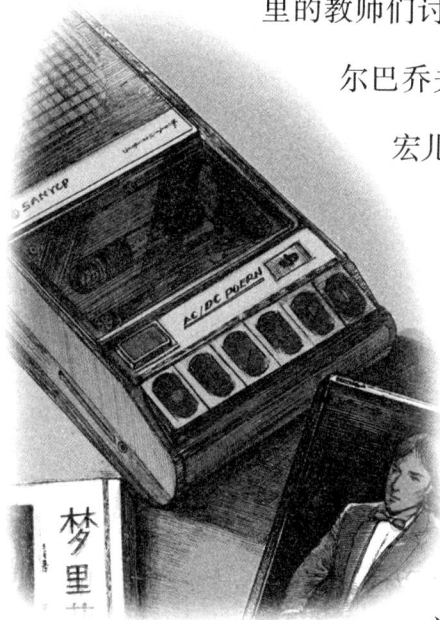

买到这盒磁带了。我们一起把磁带放到录音机里，悠扬、流畅又略带伤感的乐曲流淌出来。他又激动又兴奋，把嘴角抿起，微笑着，眼睛在厚厚的镜片后又眯成了一条线。

再长一两岁，愈发"少年不知愁滋味，为赋新诗强说愁"。自己用零花钱买了上海辞书出版社的《唐诗鉴赏辞典》《宋词鉴赏辞典》，一下子迷倒在古文声韵里。我能一个人捧着诗词整整坐一上午。一会"在水一方"，一会"采莲舟动"，一会"消得人憔悴"。只要我买书，妈妈就给我钱，从不问我买什么，读什么。

玉儿哥哥又走到我跟前，和我一起翻看诗词。然后，他不断送给我书，都是我喜欢的。有苏轼词、辛弃疾词，还有现代诗文选，比如《戴望舒诗选》《郁达夫选集》《徐志摩诗选》，还有国外诗集，《拜伦诗选》《雪莱诗选》。我们以极快的速度阅读着，然后交换着。玉儿哥哥拓宽了我的文学视野。

在这个小院里，两个少不更事的少年行色匆匆，踌躇满志，仿佛读懂了整个世界，敏锐而伤感。怀揣幻想，又充满惆怅。

记忆的碎片里，有一个镜头，是一个风清人静的夏天午后，小院里没什么人，我穿了一件玫红色带蕾丝花边的蝙蝠衫，小白裙，长发垂肩，打开录音机，里面响起的是一段不知名的吉他曲。搬个椅子坐在家门口藤架下，捧一本诗集读着。玉儿哥哥好像从外面回来了。手里又是揣着一本书，急急地唤我：

"小青子——给你！"

是一本三毛作品集——《梦里花落知多少》。

我欣喜地低头翻着新书，玉儿哥哥站在我身旁，也一块儿看着。藤架子上饱满的绿叶随风吹动着，散落点缀的牵牛花也一块儿抖擞飞舞着。阳光一块一块、一片一片散落在我手中的书上。

王校长终日奔波着，因为两个儿子要上学、要读书。王校长有时会为了便宜买一车煤，跑到东山很远的地方，买了自己拉回来。为了一袋不花钱的烧土，凌晨四五点跑到西山去挖了，再骑车驮回家。玉儿哥哥几年没穿过新衣服，都是他哥哥退下来的旧衣物。玉儿哥哥始终有些自卑，不知道是自卑母亲没有文化，还是自卑家里经济紧张，总之，他是羞涩的，敏感的。他把省下来的钱买了书，在他借我书时，我感到他是喜悦的。

后来，我们搬到了不同的楼房。再后来，我们考上了不同的大学。

有一天，一封信笺悄然而至。

那时我坐在大学的教室里，心里正在生生地疼痛着，我最爱的三毛刚刚自缢身亡，我惊诧不已，伤痛难平。陪我一起走过青涩的少年时光的她不是说好要好好活下去吗？

"小青子，知道你此时肯定沉浸在悲伤中。三毛有权利选择她的生死。她既然可以拥抱撒哈拉，当然可以去追随她的荷西。别伤心了。……玉儿"

恍然中，抬头望向窗外。他一直是懂我的。

玉儿哥哥，虽然从未当面叫过你哥哥。但你一直给我一种被信任、被理解的感觉。你和我一起领略了那么多忧伤美丽的诗句和音乐。你给了我少年丁香一样的愁滋味。

不恨年华去也，只恐少年心事，强半为消磨。

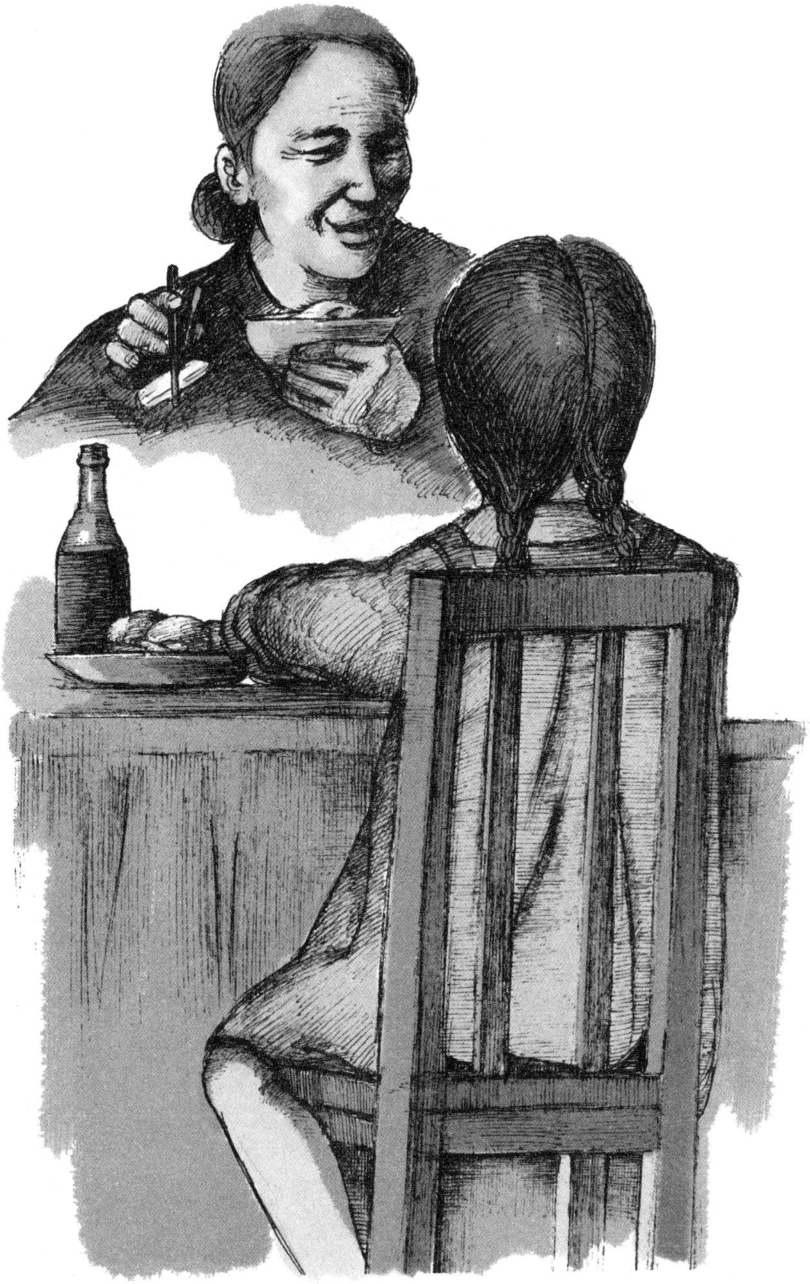

姥姥，白菜帮好吃吗？

萱草生堂阶

姥姥，时隔四十年，我仍然记得您掌心的温暖，仍然记得夜空里的星星，您是不是也化作了一颗星星，一直在注视着我们？

萱草生堂阶

我想妈妈转身的一刻，一定是落下了热泪。

姥姥站在阳台上，一直望着，眼神迷离悲伤，银发一丝一丝随着夏风飘起来，姥姥的背佝偻着。

萱草生堂阶，

游子行天涯。

慈母倚堂门，

不见萱草花。

这是二十多年前，妈妈与姥姥分别时的写照。

这一别是永别。唐朝的孟郊穿越千年，仿佛看到了这对母女的生离死别。这也正是作家龙应台在《目送》中描述的，母亲只能默默地看着自己的孩子渐行渐远。

姥姥是河北人，姥姥娘家在当地是富商旺族。妈妈告诉我，小时候她听姥姥说，每到年节秋收之时，姥姥娘家会在大院门口支起大铁锅，熬粥布施，方圆十几里的穷苦人都会赶来。姥姥有一个妹妹，她的母亲生下妹妹不久就生病去世了，当时姥姥姐妹两人还是三五岁的小孩子。姥姥的父亲又娶了她们的小姨。但毕竟并非生母，姥姥自小十分独立，各种女红样样娴熟，又照料妹妹。人间冷暖，只有她自知了。嫁给姥爷，随着姥爷，颠沛流离，共生养了三子三女，母亲是最小的闺女，叫"婷"，应该是"停"的意思，姥姥姥爷分外疼爱母亲这个闺女。母亲是六个子女中模样最出众的，大眼睛，正鼻梁，右眉端眉尾上都有一个小痣，姥姥说这叫"喜上眉梢"，尖下巴上也有一个小痣，我和弟弟小时候睡觉前总爱摸着那颗痣。

妈妈虽年纪最小，但非常孝顺。听她说上了天津的大学，第一次回家，给姥姥姥爷买了炸糕、甘蔗，一路捧着、举着回老家，还给姥爷买了宽沿儿毡帽。那个年代说出身成分，姥姥姥爷都是富农，出身不好，妈妈就铁心要找一个带大沿儿帽的军人。舅舅们每个月给父母的赡养费总爱一拖再拖，又是妈妈直言不讳，惹得哥哥们敢怒不敢言。姥姥姥爷会在几个孩子家中，分别住住，但最愿意待的还是妈妈这儿，姥姥曾说过："回到老闺女这儿，就消停心静了。"

姥姥中等身高，瘦弱单薄，穿着老式的大裆收腿裤和宽松中式斜襟布衣褂。姥姥缠足，是小脚，脚上穿的绒面布鞋，裤腿处用黑色宽布带绕两三圈紧紧箍上。记忆中姥姥的衣服大部分是黑色、灰色、青色，但领口里永远是干净的平整的白衬领。头发是银灰色，但并不苍老，头发一根一根、一缕一缕，晶莹有光泽，就像玉米穗子一样，纹路清晰，柔润光亮。姥姥早上起床，简单洗漱后会坐在床沿，用木梳细细梳理头发，然后三卷两卷，把头发卷到脑后，拿一个黑色网状的东西把头发卷塞进去，然后一箍，就成了发髻。接着盘腿而坐，开始缠绑裤腿的黑绑带，一圈一圈，十分认真，待把腿上绑带绑好，姥姥一挪身子，下得地来，拍打拍打身上的落发，迈着三寸小脚，开始洒扫庭院，张罗这一天的家务。

姥姥因是小脚，不能长时间站立或行走。但姥姥总是早早筹划第二天的吃食与家务，善于安排统筹。一个大蒸锅，上下两层，蒸米、蒸肉、蒸菜、杂粮、细粮，一并出锅。记得小时候经常是我们下班、下学一进屋，姥姥便张罗着掀锅盖，在白色蒸汽、饭香菜香的弥漫中，我们急不可待地坐上餐桌。我和弟弟狼吞虎咽时，姥姥有时盘腿坐在床沿，有时坐在餐桌旁，并不急着和我们同吃。其实那是因为一来姥姥干了一上午活，想歇歇，喘口气，二来想让我们多吃。姥姥经常喜欢把白菜帮子放到一个小碗里，放在锅里蒸得软软的。等我们都吃得差不多了，姥姥这才端出她的蒸白菜帮子，不放盐，不放糖，碗里有点水，姥姥就开始吃。

"娘，你吃点肉。"妈妈说道。

"姥姥，给你菜。"我和弟弟争着给姥姥夹菜。

可姥姥总是笑眉笑眼地说："我就爱吃白菜帮子，软软的，好吃着嘞。"

我和弟弟看着姥姥啃白菜帮子，不相信真的好吃，便央求姥姥让我们尝尝。刚咬第一口，便吐吐舌头，连连摇头。

"一点儿也不好吃，姥姥！"我和弟弟抗议。

姥姥根本不理会我们，咔哧咔哧地几口就把白菜帮子吃完了。

姥姥可以比较清闲一点的时间是下午四五点，炉火上的稀饭已熬好，饭食也准备停当。姥姥劳累了一天，此刻可以坐在床沿上喘喘气。

姥姥的奢侈品是一小碗藕粉和半个一窝酥小点心。藕粉装在塑料袋里，放在一个半本书大小的纸盒子里，盒子上画着几朵淡紫的荷花。一窝酥是小城特有的清真点心，一根根面丝经过制作，酥脆甜香，焦黄诱人。妈妈和爸爸一有空就会给姥姥买这种小点心。

我们偶尔也想尝尝，妈妈坚决不让，我们便知道这是姥姥的专利了。姥姥会偷偷掰一半让我们尝，由于怕妈妈发现，着急地吞咽下去，都没顾得细细品味一下。

姥姥喜做女红，针线活又快又细，她的宝贝是一个大包袱。里面有一堆布条、布块、布料、绳子、毛线等，常年放些樟脑球。如果需要什么东西，总能在姥姥的包袱皮里找到。

比如我和弟弟裤子短了，姥姥可以找到颜色、布料大致相仿的布头，一针一针缝在裤脚，就又可以穿些时日。如果弟弟的外套不小心扯了一个洞，姥姥会剪了小叶子什么的补上去，还挺好看。

姥姥过年时给我和弟弟做过棉鞋，叫做棉窝窝。

我是一双枣红色的棉窝窝，厚厚的布鞋底，针针都是姥姥纳上去的，枣红布面上竟然有隐隐的金丝，用黑绒布裹着鞋边，厚墩墩的，把脚伸进去，又舒服又暖和，而且十分好看。姥姥会花两三个月的时间来精心做棉鞋，做好后就放在衣柜里。我常常打开柜门，闻着熟悉的樟脑味，眼巴巴地看着新棉鞋，真盼望春节快点到！

姥姥为我做过很多针线活，连掉个扣子都是她老人家帮我缝上，等我长大后，第一次为爸爸缝个掉下来的扣子，竟然都缝反了，爸爸笑着说："看，我们小青子给我缝的扣子都缝到衣服里面喽！"

姥姥喜欢种些花花草草，和一些易成活的蔬菜。我们家西房门外窗前，早早就搭好木棍，在房檐上捆好绳子。春天、夏天到了，窗前的藤架就热闹了。

那时家家都爱在门前架上种牵牛花，这种花非常好伺养，开出的花艳丽饱满，就像一个小喇叭，所以也叫喇叭花。花池边上是地雷花，一簇一簇，颜色有粉的、紫的、红的，这种花枯萎后结的籽是一个黑黑的、硬硬的圆东西，像一颗颗小小的地雷，所以名曰地雷花。姥姥还会种些扁豆角、荚豆角、黄瓜、西红柿、小辣椒。有些蔬菜都是爬藤生长开花结果的。姥姥会观察它们的生长状况，到了结果时，我们可以享受一些美味。扁豆角摘下后，取走两边的丝线，炒肉吃尤其鲜美。小辣椒拌点萝卜丝凉菜，很爽口。西红柿通常长得不太大，结得也不太多，可我和弟弟还是热切地盼望自己家里的西红柿，待成熟后姥姥摘下，洗净剥皮，切片撒糖，我们急忙抢着吃，到最后盘里的西红柿汁最好喝了，我和弟弟捧着盘子统统喝光！

姥姥素食素服，貌似柔弱，却心地坚强，与人为善。人常说，"相由心生"，姥姥眉眼口鼻均给人一种善良仁慈的感觉。在小院里，谁家的孩子病了，姥姥会帮把手照料。蔬菜结果后，会送给邻居分享。每年秋天姥姥亲手制作西瓜酱，风味独特，邻居们会争相索要。在其他舅舅姨姨家居住时，她也与院里邻居友善，大家都念叨老太太的好。每天小院大门姥姥总是惦记着锁好，一大早又匆匆起床开锁。

姥爷去世后，姥姥没有了经济来源，约定好子女按月给她赡养费，可有的子女总是拖欠着，那时我已经学会写字，姥姥让我拿一个小本，写下：大儿五元，二儿五元，三儿五元……姥姥轻声嘱咐我，什么也别对你娘说。

当时我不明白姥姥为什么这样做，现在想来她是怕女儿们生气，让我做一本假账。对于儿媳妇的苛刻言辞，姥姥从来没有只言片语的埋怨。

到我上初中时，爸爸从驻地部队调回省城，姥姥一下子宽心多了。她小女儿操劳的日子可以有人帮她一起分担了。

再到我上高中时，家里搬到了学校新盖起的楼房。

由于是五楼，姥姥腿脚不方便，就很少下楼了。虽然不能像以前那样种那么多花草蔬菜，姥姥在南阳台上还是种了许多花花草草。家里的老猫阿丑，已有七八岁了，一直跟着姥姥，姥姥仍操持着我们的饭食，饲养着老猫阿丑和那些花花草草。

我高三毕业那年，国家教育部有一个出国留学的指标经过省、市教育局下发到妈妈的学校。在二十世纪九十年代初，国家对外改革开放之初，这是一个非常难得的宝贵机会。学校把这个机会给了妈妈。

妈妈科班英语专业出身，年富力强，热爱教育，经验丰富。按理说妈妈应该欣喜若狂，但妈妈犹豫不决。因为那时姥姥检查出肝上有病，需要治疗。

姥姥却坚决让妈妈出国留学："这可是别人想争都争不到的啊，娘等你回来，去吧，老闺女。"

那是夏天。那个夏天有不舍，有期待，整个空气里都弥漫着离别的味道。

终于，妈妈要走了。爸爸大包小包先行下楼走了。我和弟弟搀着姥姥，站在家门口，妈妈背个小包走到五楼楼道拐弯处。

"娘，回家去吧。"妈妈说完低下头，几步并作一步地下了楼梯。

我们搀着姥姥，姥姥失神地望着楼梯。

蓦地，姥姥急急地返身进家，迈着小腿，经过过道、客厅，冲到了南阳台，我和弟弟也赶紧冲过去。

从阳台上可以望见妈妈出门后要走的一条小道。

果然，妈妈走到可以回望到自家阳台的地方，转过身来。我们三个一齐朝妈妈挥手，妈妈看了看我们，挥了一下手，又往回跑了几步朝我们招手，声音哽咽地说道：

"回去吧，我走了！"

他掉转头，快速走出小道。

我想妈妈转身的那一刻，一定是落下了热泪。

姥姥站在阳台上，一直望着，眼神迷离悲伤，银发一丝一丝随着夏风飘起来，姥姥的背佝偻着。

"姥姥，我们回屋吧。"我和弟弟搀着姥姥。

姥姥缓过神来，艰难地迈着小脚，挪进屋里。

姥姥走的那天是中秋。

距妈妈离家不到三个月的时间。

妈妈走后，姥姥病情迅速恶化，被送到在河北当医生的二姨家里。最后，送到了姥姥的老家白木村里。等爸爸带我们姐弟赶回老家时，姥姥已不省人事了。姥姥躺在高高的木床上，姨姨大声告诉姥姥老闺女一家到了，姥姥竟然抬起眼皮，想看看我们。

第二天就是中秋。早上，姥姥呼吸渐渐减弱，但始终不肯闭上眼睛，二姨知道她一定在挂念着老闺女，在她耳边耳语了几句，姥姥这才慢慢地合上了眼睛。

每年清明，妈妈都到姥姥坟前培培新土，祭奠洒扫。

记忆里，我四岁的夏天，妈妈去爸爸部队生弟弟去了。姥姥牵着我的手，站在小院里，月明星稀。

"你娘给你生个小弟弟或小妹妹去了，到时候，天上就会多一颗星星。"我天真地无限憧憬地望着夜空。

姥姥，时隔四十年，我仍然记得您掌心的温暖，仍然记得夜空里的星星，您是不是也化作了一颗星星，一直在注视着我们？

又是春日，萱草花开，慈母安在？

客从何处来

我们欢呼起来，壹分、贰分、伍分，爸爸攒了整整一个冬天和春天，攒了他对我们的思念，让我们在整个夏天疯狂地、美美地享用了冰棍、冰糕的美味，整个夏天都是凉凉的、甜甜的滋味。

少小离家老大回，

乡音无改鬓毛衰。

儿童相见不相识，

笑问客从何处来。

儿时和爸爸有关的记忆都是绿色的，绿色的军服，绿色的军帽，绿色的营地，绿色的军号，以及家中爸爸制作油漆的绿色小铁凳、脸盆架、小水桶。

小时候，每次爸爸从外地回到小城的家中，我都充满激动，好像见到的那个人，不是自己的父亲，而是个英雄，是个解放军叔叔，或者是个熟悉的陌生人。

爸爸回家的时间没有规律，应是抽空请假回来，所以每次都给我意外的惊喜。但大体每年晚秋或入冬前，爸爸就常会回来。

那时家家户户没有暖气、煤气，都要生炉子取暖做饭，入冬前要做好过冬准备。

爸爸赶回来，要买煤块、煤面、烧土，要做煤糕、劈木柴。

海子在他的诗里写道：

从明天起，做一个幸福的人

喂马，劈柴，周游世界

从明天起，关心粮食和蔬菜，

我有一所房子，

面朝大海，

春暖花开

我想爸爸当年也如诗人一样，怀着幸福，为了妻儿，劈柴取暖。

爸爸会先垒好煤池子，和战友们一起开军用卡车卸下一大车煤块停在大院门口，大家上上下下、出出进进，我高兴地跟着跑来跑去。

叠放完煤块，就该和煤泥、做煤糕了。

爸爸把煤面和烧土和在一起，垒成一个圆圈，圈里加凉水。爸爸用铁锹一点点把水和煤面和在一起，再用铁锹上下翻飞，把煤面烧土弄成均匀的煤泥，不太稀不太干，然后用铁锹铲起一铁锹煤泥倒进早已摆放好的煤糕专用的铁框子里。

做煤糕是一项大工程，爸爸通常需要一整天时间。等到傍晚天快黑时，爸爸已在小院的空地上和小巷路边打了满满当当的煤糕，有些已凝固。待干时，爸爸会一块一块摞好，放在东房厨房门口边上。然后是劈木柴，爸爸会十分麻利地把一根根木棍劈成大小均匀的柴火，要一头略尖些。这样到火炉里便于引燃火苗。把这些重体力活安顿好了，爸爸就该回部队了。

有一次，爸爸在一个春天的早晨回来了。

我大约四五岁，还睡在床上，没睁开眼睛，听到倒水洗脸的声音。我赶紧爬起来，春日的晨光射进家里，爸爸脱去军装上衣，正拿一块毛巾在洗脸盆里洗脸。爸爸穿着绿军裤、绿胶鞋，头发浓密黝黑，洗完脸，便端着脸盆去小院水管处倒水。

我兴奋得赶紧穿衣穿鞋。

那时每家没有自来水，都是从小院的公共自来水管处打了水，回家倒进自家的大水缸。我家门后是一个瘦高的大水缸，是姥爷给妈妈挑选买回来的。

爸爸开始提着水桶打水。爸爸接了一大桶水，拎起来快步朝家中走去。而我想表现自己的能干，也用小水桶接了多半桶水，可我

根本拎不动，使足劲一提，小水桶顺着惯性一甩，整个连人带水甩到水管旁，小水桶倒在地上，水洒了一地，衣服也湿了。

妈妈听见动静，赶忙把我抱起，

"这孩子……"妈妈嗔怪着。

进了屋赶紧给我换衣服，可我依然兴奋着，爸爸去哪儿，我就跟哪儿。

院里院外的小朋友这时跑过来都会问我："那是谁呀？"

"小青子，你有爸爸？"

我又急又气又羞。我当然有爸爸，爸爸不就站在那儿么，而且一身军装，威武英俊。爸爸回来了，我小小的虚荣心极大地满足了。

爸爸每次回来，都会给我们带来一些我们买不到的食物，比如军用压缩饼干、军用午餐肉、军用大米和白面。那种午餐肉，我长大后再也没吃到过，味道独特，鲜美诱人。我曾邀请小伙伴们品尝，大家都啧啧称奇赞不绝口。

爸爸给我们做过一个小圆桌，厚厚的木板，四条腿是马扎式的，可卸可支，又找人做了三四把小铁椅子，椅垫是块圆木板。我和弟弟围在桌子边上写字、画画、看书。

后来我们长高了，爸爸又给圆桌的四条腿加了半尺高的木腿，我们就这样一直用到了我快上高中。

后来，几次搬家，我一直舍不得扔掉，爸爸又油漆过它，它仍然结实耐用。一看到它，就想到在小院里的岁月。

小院里的老师们也都为有一名军人邻居而骄傲呢！

每当爸爸回来，邻居们全聚过来和爸爸聊聊天。爸爸是军医，每次回来都要背上急救药箱，谁家有病要求医，找到爸爸，他总会想办法帮助别人。

最令人期待的是暑假。

一放假，妈妈就抱着弟弟拉着我，赶上火车，去见爸爸了。

我记得妈妈有双咖啡色塑料凉鞋，我们走在赶火车的路上，妈妈抱着弟弟怕误了火车，鞋里蹦进去一个小石子，都顾不得拣出来，上了车，妈妈的脚都磨出泡了。

有一个夏天，我们到了爸爸部队医院的营房里，那时条件已不错，爸爸已有带厨房的房子。爸爸的房子里，一桌子饭菜已摆好，地上打扫得干干净净。

房子是砖头地面，洒了水在上面，有股清凉的好闻的砖头味。

爸爸从桌子的一个抽屉里拿出一个牛皮纸大信封。

"看，这是什么?"爸爸把它高高举起来，又摇了几下。

我们听见硬币碰撞的声音。

我和弟弟冲过去，打开信封一看，是满满一袋子硬币！

我们欢呼起来，壹分、贰分、伍分，爸爸攒了整整一个冬天和

春天，攒了他对我们的思念，让我们在整个夏天疯狂地、美美地享用了冰棍、冰糕的美味，整个夏天都是凉凉的、甜甜的滋味。

爸爸还托人从北京给我们买了一辆儿童三轮车，绿色身子、红色座垫，前面一个轮，后面两个轮，漂亮时髦。

我让弟弟坐在座位上，我把双手扶在小车靠背上。一只脚踩在后面两个轮子中间的梁上，另一只脚在地上用力一蹬又一抬，再一蹬一抬，车子就转开了。我们在爸爸部队医院的一个广场上开心地骑着车，跑着，常常玩到天快黑了。后来，我们坐火车把小车带回家，小车子一直陪伴了我们的童年。

在爸爸那儿过暑假，每天上午我写作业，弟弟看图画书。爸爸妈妈总会去弄些好吃的。爸爸攒下了一些好吃的，比如松花蛋、花生米、虾片，通常只有在过年过节时才能吃到的。下午，我们就在空地上骑车，疯跑，吃冰糕。有时会有战士哥哥或姐姐，带我们去附近的山坡拔草摘花，编个小草帽、小花环戴在头上。那样的时光总是有风的感觉，惬意清凉。

父母那个年代的人大都单纯，有着为事业奉献的热忱。两个人分居十几年，竟没人想到要调到一个城市。爸爸一直在部队上成长，从卫生员到助理医师、医师，再到主任医师，其中有多少甘苦，只有爸爸知道。

记得有一阵爸爸痴迷上了医学英语。他买了教材买了磁带。录

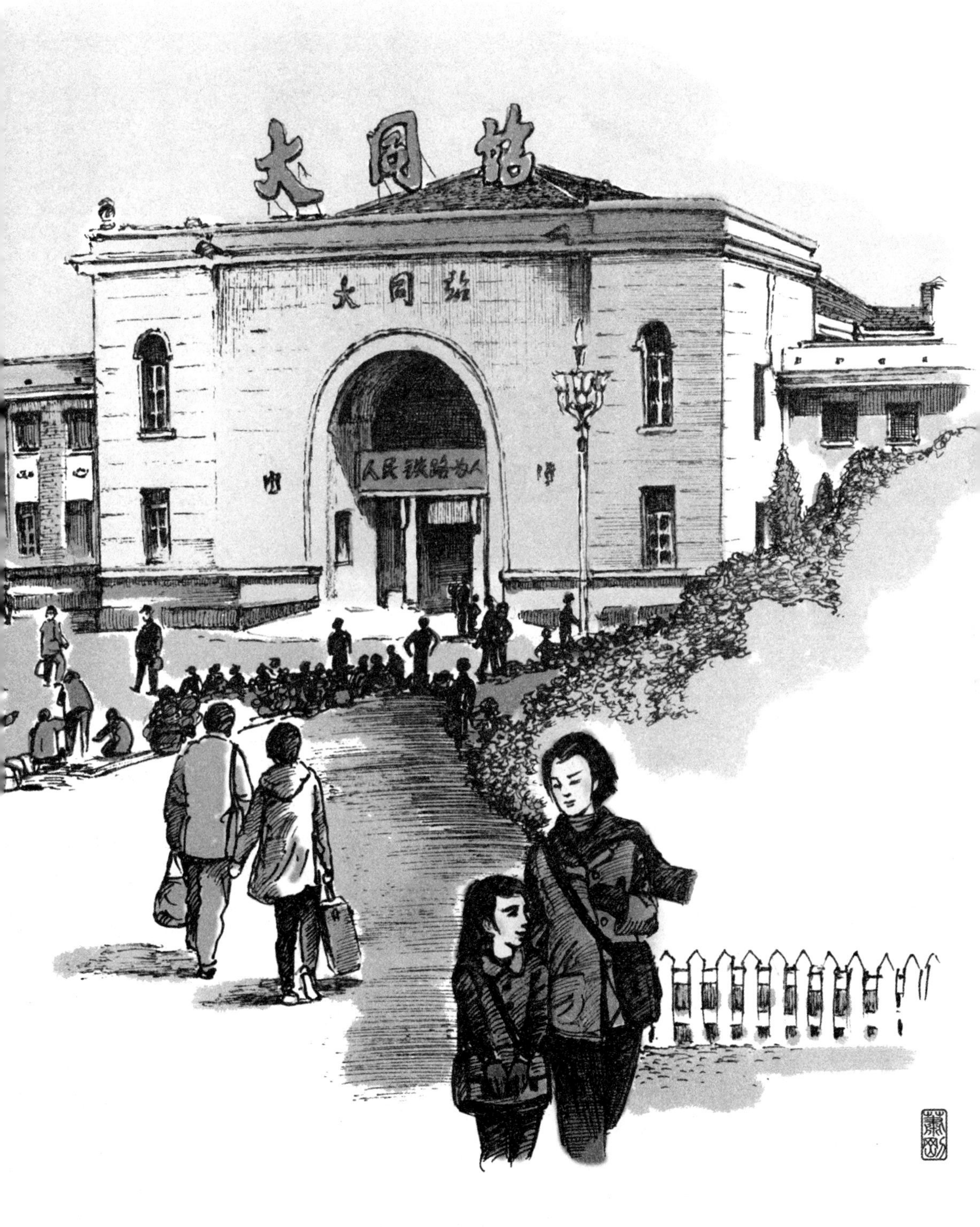
大同站
大同站
人民铁路为人

　　一放假，妈妈就抱着弟弟拉着
我，赶上火车，去见爸爸了。爸爸
攒了整整一个冬天和春天，攒了他
对我们的思念。

下他的发音，把磁带寄回来。妈妈放开录音，听磁带里他的发音，哪里不对，就录在磁带上。

姥姥对着录音机，对爸爸说，

"我们都好着呢，别惦记。"

妈妈再把磁带寄回去。

每次爸爸回来，总会翻开他的英语笔记本，让妈妈辅导。蓝色红边的硬壳本，爸爸有十几个，每一本上密密麻麻、整整齐齐地写着英语笔记。记忆中爸爸总是在到处进修学习，北京、上海、石家庄、呼和浩特等地，爸爸总是抓住一切能学习的机会。

他曾告诉我，在学习和工作上，不要因小而不为，贵在坚持。爸爸一生都在践行着他的军人梦、医生梦。他们那一代人很少想过自己的安危与欢愉。

后来爸爸调回到小城最大的部队医院，到他退休之际，在他从事的医学专业上已是受人尊敬的副军级的知名专家教授了。

父亲不到十八岁就离开山西南部的小村庄，真是少小离家老大回。父亲退休后，有时间就回老家走走，回来叙述着遇到了当年儿时的玩伴，都认不出了，言语中流露着"乡音无改鬓毛衰"的感叹。

我现在和父母住在同一个部队大院。每天清晨和午后，大院里均会准时吹响嘹亮的军号。幼子会问我：

"妈妈，这是什么声音？"

"这是军号。"我告诉他。

噢，那遥远的、儿时的、山坡上的、军营里的军号啊……

依稀记得父亲回家时，童年小伙伴们痴笑着问我客从何处来。

我的父亲，从家乡的小村庄里，从绿色军营里，一路走来。

红泥小火炉

漫天风雪的人生路上，有了母亲炉火般的温暖，总有光芒在前方指引我前行。

小院，西房，东窗，冬夜。

炉火，灯光，鼻息，背影。

这是七八十年代中国北方一个普通的冬夜。我半夜醒来，揉揉眼睛。耳畔是姥姥、弟弟均匀的呼吸声。我把脑袋伸出暖和的被窝，翻转身，看见妈妈坐在窗前的写字桌前。不知有多少次了，半夜梦回之际，窗前总是亮着一盏黄暖的台灯，妈妈披了件马夹或衣服，端坐在桌前，听见笔端在薄脆的教案纸上沙沙响过，那时夜极静，纸又较脆，妈妈写的大多是英文字母，速度较快，真的是疾书声声响啊。

东窗较大，高高挂着有松鹤延年图案的窗帘，后来又有梅兰竹菊图案的窗帘。都是白底蓝图，干净简洁。我看着妈妈的背影，然后又盯着窗帘上的图案看，在灯光的映衬下，松鹤梅竹好像在光影下隐隐生动。

炉火已封好，火上卧着铜壶。偶尔有水滴在炉火的表面铁圈上冒着泡泡，发出哧哧的声音。窗外门外有风掠过，门外的棉门帘间或噼啪作响。

我看着妈妈，也不吭声。又趴下，转身伏在枕头上，一会又沉沉入睡。

【幸福的秘密】

妈妈有三个姐妹，大姨二姨也长得好看。小时候都是大姨帮她梳辫子，妈妈的头发又黑又亮又多，粗粗的油亮的辫子或甩在身后，或搭在胸前。有张妈妈上大学时的黑白照片，黛眉，大眼睛，眼皮双愣愣的，眼神清澈，鼻梁坚挺，不薄不厚的嘴唇，端端正正，颇像当年的某位电影明星。

她在高中时，酷爱朗诵和话剧表演，学校推荐她报考播音专业，她也就报考了北京广播学院。在那个年代，能被学校推荐的学生应该有着不一般的艺术才华与天赋，而能做出这种选择的学生，应该是大胆与疯狂的。可是高考中有一些插曲，她去了趟厕所，回来监考老师就不让她回考场，试卷上她还有未做完的题。就这样，凤愿未偿，她上了天津外语学院。不知是谁指引她，学了英语专业。此后一生就与英语教育为伴，一生具有西方人的一些精神特质。

妈妈喜欢收拾家，摆弄家什。我们的小屋基本上没有什么像样的家具，但总是窗明几净，而且充满浪漫生活情趣。妈妈会在窗前放个罐头玻璃瓶，里面插个绿叶枝条，或者是开小花的一把小草，窗帘的花布图案大方有韵味。如果哪有杂物，也会罩块花布，不显得凌乱。

妈妈心灵手巧，喜欢做些女红。妈妈给她自己、我和弟弟经常做些布衣小衫。在过去那个以灰、黑、白色彩为主的时代，她总能发现亮丽的色彩，创造各种美的小奇迹。妈妈自己做不同质地和颜色的棉袄罩衫，用碎布头做衫领。她有一件天蓝色罩衫，领口衬了紫色小格衬领，她下课笑盈盈地从操场土坡走过来，就像冬日灰蒙蒙天空里一片少有的湛蓝晴空。妈妈和姥姥曾给我做过一件墨绿色灯芯绒棉大衣，方领、黑扣。妈妈用紫色、粉色、红色、黄色等颜色的毛线在衣服胸前绣了一簇绿叶中的小花丛，整个沉暗的大衣因为这簇花朵而一下子有了生机。我特别喜欢这件大衣，穿了好多年。弟弟的裤脚边或小褂的胸口上，妈妈会给他缝个小汽车、小皮球的布块。我们姐弟俩的穿着不仅干净，而且总是看起来更漂亮些。

妈妈喜欢画画和音乐，她能画出极为娟秀的仕女图、花鸟图。

她也是画在那种又薄又黄又脆的纸上。我惊讶于仙女的纤美、花鸟的灵动，每次翻看，都怕折损了妈妈的画纸。妈妈也喜欢音乐，唱歌、跳舞。有时，妈妈穿上件好看的布拉吉花裙子，站在屋子中央一旋转，裙摆就像孔雀开屏绽放一样，我和弟弟拍手叫着，妈妈会常常带着笑容，哼着小调，给我们来段新疆舞。

妈妈早早开始培养我和弟弟，我学画，弟弟弹钢琴。那个年代有这种意识的父母很少，文化培训班都不多，就别说艺术培训班了。我一直在少年宫画画，从素描、速写、到色彩，整整学了十年。教画的老师曾告诉妈妈，我悟性不错，建议考美院，但妈妈不置可否，浅笑盈盈。后来我同样选择了英语教育专业，冥冥中似有安排。虽未选择美术专业，但自小学画的经历非常有用，学画养成我纳言、沉静的性格。我喜欢安静、独处，情感敏感丰富，语言总慢一拍。到后来我自己的居家设计，衣着打扮，到人生哲理，细细想来，无不得益于早年的学画经历。妈妈从未阻拦过我，想画什么就画什么，想怎么画，就怎么画。这是童年幸福的秘密之一。

由于妈妈要做家务，照顾老人，还要备课，我和弟弟去学画、学琴的事便由我担当，我领着弟弟坐车，到教室，各学各的。下课后一起坐车回家。妈妈似乎从未担心过我的能力。后来，弟弟学琴要到老师家去，还是我骑着自行车带上弟弟去学琴。他复课学琴时，我就静静坐在旁边听。一开始弟弟是在妈妈学校琴房里练琴，后来妈妈咬了咬牙，向亲戚借了些钱，加上攒的钱，狠心为弟弟买了一架漂亮的钢琴，有的老师认为妈妈有点疯狂。但是当美妙的琴声飘扬在小院时，我们全家为之陶醉了。多年后，有一次到北京弟弟家中，我们聊着天，弟弟的音箱里飘着西欧古典乐曲，恍惚中我又好像回到陪他去学琴的时光。

妈妈对我们的培养一点不功利。她认为我们应传承的东西便会十几年如一日，坚持渗透。在妈妈当年微薄的工资中，常年有固定的资金为我们订阅杂志。妈妈订的是《中小学英语教育》《学英语》，我们订的是《儿童时代》《东方少年》《连环画报》《作文通讯》等，多少年几乎没有落下一期。我们盼着每期新的杂志。妈妈又是浅笑盈盈，手里夹着备课夹子，一回家，从夹子里拿出新杂志，"小青子——小乐乐——来新杂志了！"到现在，我也会为自己、为小家、为儿子们根据年龄和喜好订阅各种杂志，我相信爱文学、爱艺术、爱科学的种子需要早早种下，静待开花。

到了上初中时，我已开始自己要求购买喜欢的图书，到了高中更是

"变本加厉"，从诗歌到散文到哲学，妈妈似乎鼓励我读"闲书"，不多过问，只要是买书，她就会给我零花钱。柳北口的不足十平方米的晓雅书店是我最爱泡的地方。淘一本好书，我会忙不迭地边往回走，边翻书。妈妈大体翻一下，便不再过问。能够大量购买和阅读自己喜欢看的书，这是我童年幸福的另一个秘密。

【童年的河流】

如果说一个年轻貌美、浪漫优雅的女子，一对可人乖巧的儿女，一个幸福无忧的家，就是当年生活的写照，那可就错了。我们甜蜜温馨的生活背后是妈妈十几年的隐忍与坚强。

记得有一次读余秋雨先生的《千年一叹》，里面提到他的母亲。说有一次他回到家看到家里的堂桌正在慢慢挪动，原来是母亲趴在桌下，一点点挪移，为的是搬动家具。我的母亲何尝不是有着男人的力气？上有老，下有小，生活的重担可想而知。妈妈与生俱来的乐观，使她能苦中作乐，在家中很少看到妈妈有过愁苦的样子，总是明亮的玻璃折射进来明亮的阳光，总是妈妈好看的秀发映衬着脸庞上流淌的浅笑盈盈，好像日子总是快乐的，阳光的，甜蜜的。

妈妈从教四十余年，桃李不言，下自成蹊。妈妈常常是走到一个地方，就会有学生和她相认。"婷老师，您不记得我了！我是您的学生啊！"妈妈便慢慢回想，有时能想起来，有时，想不起来。

凡是上过妈妈课的学生，总会无比憧憬地回忆道："婷老师，就是因为喜欢您，后来就喜欢上英语了。"妈妈在学生眼中是严厉、美丽、风趣、高雅的老师，在妈妈慈母般的关怀之外又有严师的威慑。妈妈多年前就探索教改，以学生为中心，尊重学生的主动性，所以她能充分尊重学生的意愿，自然也就赢得学生的爱戴了。妈妈早早凭借自己突出的教学科研成果被评为特级教师，这应该是一名中学老师的最高桂冠。

每个学期快结束时，妈妈就病倒了，学生们考完试，绷紧了一个学期的弦就支撑不住了，总会高烧几天。等学校的事都结束了，又急急忙忙带着我和弟弟去看望远在边塞的爸爸了。

妈妈对我们的爱是大写意的。莫奈在他的庄园里画的睡莲色彩浓郁，但整体浑然天成。我们的成长受母亲影响最深，说不清是哪一天，哪一夜，哪一年，哪一个春夏秋冬。母亲乐观坚强的性格、浪漫高贵的气质随着岁月、随着母爱的河流融入到我们的血液里、骨髓中。

妈妈的美常使她通体似乎赋有光芒，我惊讶于妈妈的美丽，有的时候站在妈妈的光芒之外，站在一个角落里，像个丑小鸭，欣赏着女神似的妈妈。

妈妈与我少有亲昵的举动，也许有，但印象不深，妈妈太忙太累了。有两个记忆片断印象比较深。妈妈每周都要蒸馒头，锅盖一掀，热气腾腾，妈妈揪住笼屉上的笼布，一抖，一个个光洁白胖的

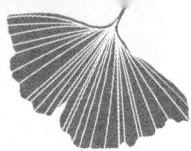

馒头便滚到面板上，笼布上总会留下一些粘在上面的馒头皮。妈妈便会叫正在看书的我："小青子——来吃馒头皮了！"馒头刚蒸出来，有一股浓浓的麦香。妈妈用菜铲子把馒头皮铲下来，我和妈妈趁热抢着吃起来。

还有一个片断，还是妈妈在厨房，我在看书。妈妈在火上炒好鸡蛋，第一口最嫩的，总是让我吃。要不就是在厨房叫我，要不就是端着碗，举着筷子，递到我的书桌前。所以直到现在，我始终认为炒鸡蛋第一口最香嫩好吃了。

童年的河流，是淌着幸福的。母亲是那冬夜的小火炉，熠熠生辉，曛曛生暖，使冬夜不再寒冷。我们依偎在一起，我们的小家始终温暖，始终有光芒。

童年的河流，是浸着色彩的。母亲给我们一双观察世界的眼睛，带我们去乡下，去塞外，去旅游。母亲给我一支彩色的画笔，让我肆意点染纸墨。母亲给我一颗发现色彩、发现美的心。母亲为我们的衣衫走针带线，绣出美，缝出爱。时时处处，都为美而生，为美而存在。

童年的河流，是飘着书香的。孟母择邻。母亲始终给我们良好的生活、学习环境。母亲对我们家教极严，不许串门，不许无事看电视，不许无事大笑。我和弟弟大多时候都在看书，画画，听音乐。家里的书是越来越多了，生活的风景越来越宽广了。

绿蚁新醅酒，

红泥小火炉。

晚来天欲雪，

能饮一杯无？

漫天风雪的人生路上，有了母亲炉火般的温暖，总有光芒在前方指引我前行。

酒旗风暖时

我们围着炉火，听着炭火在炉里噼啪烧得直响，说着话，抬头看小院上方的天空，星星在闪烁，亮亮的，能闻到老家小院特有的乡村味道。想起奶奶当年给我们在院里支起炉火煮玉米、烤红薯，想起堂兄妹一众追逐打闹嬉笑，想起奶奶阳光下、微风里又黑又亮的齐耳短发，酱色面膛。

如果奶奶出生在汉朝，一定会像木兰那样从军报国。奶奶祖籍河南，家里人口众多，天灾连年，奶奶及家人辗转流落到山西。奶奶天生性格豪爽，虽是女子，却有武夫之勇。嫁给爷爷，育有七个子女，辛劳操持家务，家道逐渐兴旺起来。

奶奶的头发油黑发亮，齐齐地抿在耳后，大手大脚，身板宽阔，脸膛方正，皮肤经常年日晒农耕有点粗糙发黑。听妈妈说，我和弟弟断奶后都被送回老家，待过一年半载。奶奶在老家很挂念我们，在每年秋收后或春播前不忙时，会坐十几个小时火车来小城看我们，每次都要背一袋米呀面的，或者是家乡的柿饼、山楂等土特产。

奶奶一进小院，弯腰背着粮食或其他食物，我和弟弟惊讶地叫道："妈妈，奶奶来了！"

"妈——，您怎么不打个招呼，我们好去接您啊！"妈妈掀起门帘，忙把奶奶让进屋里。

"你带孩子，又带课，怪累的，没事。"说着，奶奶便从随身的包袱皮里抽出自己雪白的毛巾，从门后的缸里舀起一瓢水，倒进脸盆，开始洗脸，擦头，又用毛巾掸身上的尘土，麻利快速，声音啪啪直响。

奶奶通常待个把月，会帮妈妈垒垒煤池，晒晒被褥，做点家乡饭，然后某一天就又突然拔腿返乡了，一如她匆匆来时。

在寒假和暑假我都回过老家。

奶奶家的院子是大四合院的布局，是土改时分到的，南房、北房、东房，院子中央种了西红柿、黄瓜、豆角等蔬菜。院子里还养了鸡、猪，门口有一条看门的大黄狗。二叔、三叔两家人和爷爷奶奶住在一起。夏天回去，我和堂兄以及街前巷后的小伙伴们玩得可开心了。出奶奶家门，约二三十米就有一条小河，夏天开满荷花，小河西边树木茂盛，水草连连，青蛙和夏蝉的叫声此起彼伏。我们摘荷叶戴在头上，追逐打闹着。天阴时，蜻蜓飞得很低，我们会伸手去捉。有时也会趴在河边捞小鱼和小蝌蚪。午后我们溜出家门，坐在树下戴着荷叶，听着蛙叫，惬意得快要睡着了。

而奶奶则在大院里烧柴火为我们煮玉米，还没进家，就闻见玉米的香味。奶奶当院支起大锅，烧着柴火，火上放一口直径一米多宽的大铁锅，木锅盖下正冒出热气。奶奶掀开一点锅盖，用筷子捅一捅，熟了，就用筷子插在玉米中间，举起来，让我啃着吃。

奶奶还会做一种非常好喝的汤面，老家叫"宽齐子"。奶奶醒好面，用大擀面杖用力地把面团擀开，用刀把面切成又宽又薄的面条，锅里水开了，从院里棚架上摘几个豆角、西红柿，洗净切好，放进锅里，和面条一块煮熟，起锅时用胡麻油葱花炝锅。至今我都记得儿时"宽齐子"汤面的香味。

爷爷任村长、村支书多年，奶奶的作用很大。印象中爷爷比较温和，具有经营头脑。奶奶性格泼辣，为人耿直。家长里短，谁家有个纠纷不合的，都找奶奶。奶奶三下两下就把闹意见的双方说服，低头认错了。如果奶奶当年上了学堂，有文化，一定会是一个出色的女干部。

四个姑姑均秉承了奶奶的性格，坚强、肯吃苦、有头脑、有能力，无论是务农、经商还是从政，都颇有巾帼风范，都能在她们各自的领域兢兢业业，做得有模有样。最小的姑姑从上初中就被妈妈从农村接到城里读书，她一直和我们在一起直到考上大学，所以和小姑有较深的感情。小姑当年高考分数几乎达到清华大学的录取线，后来上了省级大学，毕业后分配到省级政府部门。她酷爱读书，在一群政府官员中显得有些另类，她出差不游山玩水，总是好书一册在手。在她家厨房的墙上竟然钉着她每日要背诵的古诗文。她虽是最小的孩子，却并未享受太多父母的娇宠，为人忠厚，自律很严。自从我有了孩子，小姑总爱在节日里来看他们，哪怕是举着两根糖葫芦，从巷口径直走到我的小院里，一如我们当年在西院里一样。

如今奶奶已逝去多年，老院仍在。

前两年回去一趟，冬天，抵家时已深夜。二叔二婶忙着生火（当时已不用炉火了）。二叔说，小青子爱吃老家的烤红薯，这红薯只有用炭烤才香呢。二叔把红薯洗净，挨个放进炉膛里。我们围着炉火，听着炭火在炉里噼啪烧得直响，说着话，抬头看小院上方的天空，星星在闪烁，亮亮的，能闻到老家小院特有的乡村味道。想起奶奶当年给我们在院里支起炉火煮玉米、烤红薯，想起堂兄妹一众追逐打闹嬉笑，想起奶奶阳光下、微风里又黑又亮的齐耳短发，酱色面膛。

峥峥有骨气，

飒飒有风姿。

酒旗风暖时，

已是两重天。

轻舟万重山

　　每次与弟弟分别，在站台上，在汽车前，在电话里，我都隐隐地想落泪，那个跟在我屁股后的弟弟啊，一个人去走遍天涯。但那次的微醉，总让我记起"人散后，一弯新月如钩"的明亮与温暖。

朝辞白帝彩云间，

千里江陵一日还。

两岸猿声啼不尽，

轻舟已过万重山。

　　这首在很小的时候已熟读的诗，一直以为自己是懂的，但当四十岁陪幼子读到此诗时，方知此诗的写作背景。

　　遭贬谪的李白被发遣到白帝城时遇皇帝大赦，他由此可以返回家乡，不必南行，所以他满心欢喜，归心似箭，写下了这首小诗。

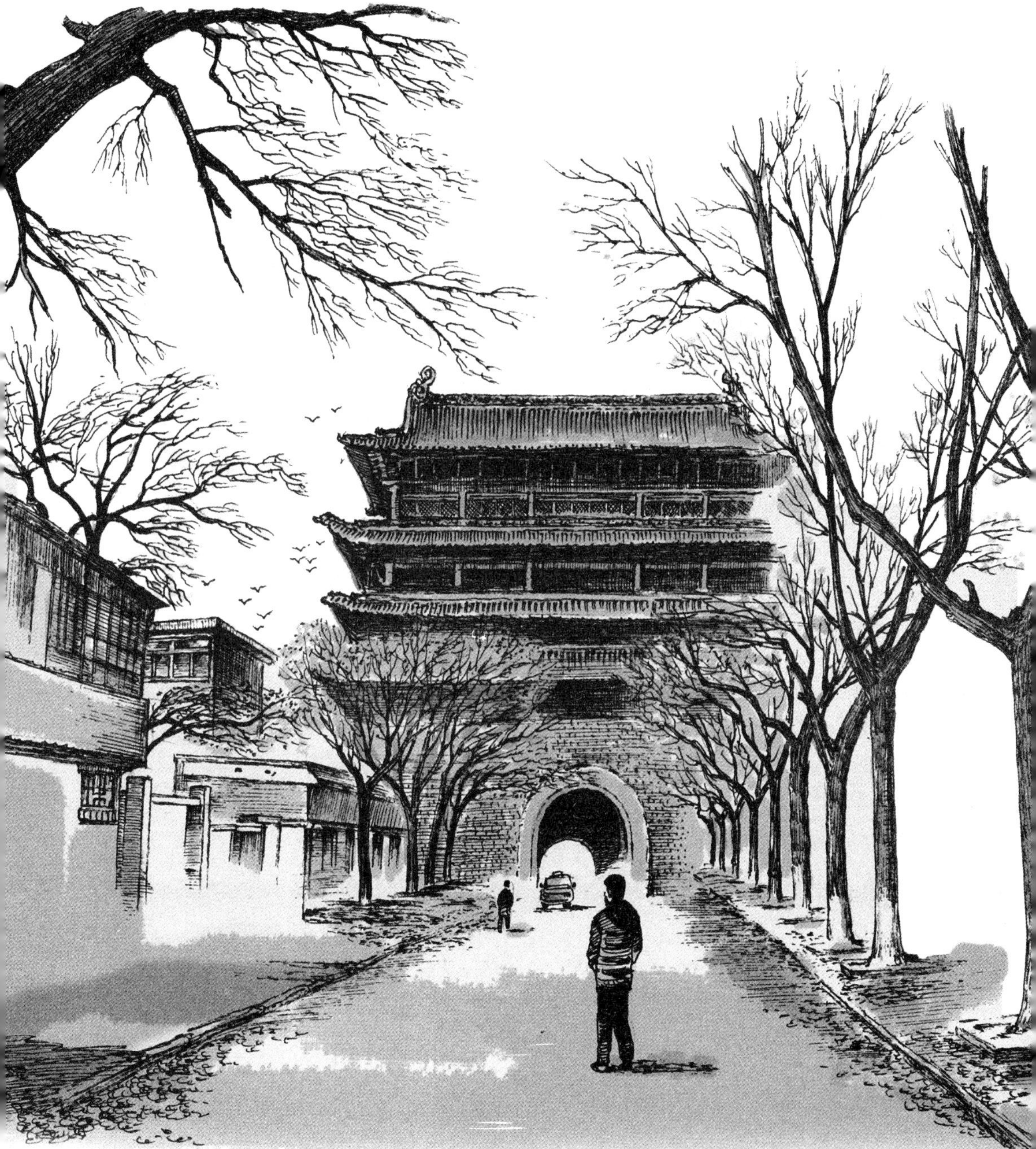

小时候的日子像窗棂上的剪纸，欢喜地贴在记忆里，泛着微黄。

这样就不难理解，为何"彩云间"、为何"一日还"、为何"轻舟"，诗人的欢快之情，跃然纸上。

不知为什么我想到了弟弟。当年弟弟在中东战场做战地记者七年之久，苦于没有接班的人手，他和弟妹苦苦坚守在一线战场上，而等他们终于回国时，他们一定是怀着这样的心情，恨不得再快一点，回到妈妈身边。

弟弟小我四岁，也是妈妈在大同部队生下的，也是风高月黑的夜晚，也是孤独的营房，也是爸爸亲手接生的，那时正在经历多次地震。

弟弟嗓门大，一哭就拉长音，好半天，才回个后勾音。眼睛大大圆圆，眉眼近，头发有点卷，猛一看有点像外国小孩，"看这孩子，眉眼俊的"，邻居赵阿姨啧啧赞道。

可是弟弟却从小瘦弱，吃饭不好，长得又瘦又小。

大约弟弟两岁，我六岁，在国师中学的操场上，妈妈把我从幼儿园接回来放在学校托儿所，又急急去上晚自习了。

我抱起在小床里爬滚的弟弟，弟弟有时是高兴得又蹦又跳，有时不知为何大哭大叫，不管怎样，我得哄住他，因为托儿所的阿姨们要下班了。

我背着弟弟，在操场上来回走着，晃着晃着，弟弟就趴在我背上睡着了。我就这样背着弟弟等妈妈，直到妈妈下课匆匆冲出教室，朝我奔来……

弟弟做什么总爱跟着我，可我有时嫌他太小，不屑和他一块玩，偶尔叫他和我的小朋友一起玩，他跟在我屁股后面，高兴地叫"姐姐——姐姐"。

我刚有自行车那么高，就跃跃欲试学骑自行车，弟弟在旁边跑来跑去，我练得差不多有点模样了，弟弟便央求我让他坐在后座上，带着他骑自行车。

经不住他的请求，我让他坐在了后座上，我小心地蹭着地，小心地蹬着车蹬，正在调整平衡时，突然对面冲来一辆自行车。

我哪儿顾得躲闪，慌乱之中，一头撞向小巷的一侧墙边，一脚把弟弟踹下了车子，弟弟应声倒地，我们连人带车倒在了一起。

"你们俩个小孩子，还敢带人！"对面骑车的人骂骂咧咧地走了。

我们慢慢爬起来，扶起自行车。

"姐，你踹得我好狠啊！"弟弟扶着腰。

"扑哧——"我笑了，"姐都慌了神了，都忘了该怎么刹车了。"

有一年冬天，快过年了，妈妈上街买年货去了，院里也没什么大人。我和弟弟在家。

弟弟和院里几个小伙伴玩过年时才有的一种小炮，这种小炮叫甩炮，把炮捻子一点，往高一掷，"啪——"响声特脆。他们在院里跑来跑去，开心地玩着。我在家帮妈妈收拾家。

一抬头，突然发现窗外门帘上正往上窜火苗，赶忙拉开门，原来门帘从下边烧起来了，火苗还忽忽地往上窜起来。

弟弟和小伙伴在外面看到火苗，也惊呆了。

我大叫道："快去接水！"

我把家里的桶、盆递出去，小伙伴们拼命跑到公共水管处，接上水递给我，我使劲往高浇水，浇到门帘上，几盆水泼下去，火势小了，终于熄灭了。

弟弟惊魂未定地问我："姐，我闯祸了。妈妈会不会打我呀？"

"没事，有姐呢。"

后来，妈妈回来了。果然，妈妈也吓坏了。

看到她的一双儿女，安好无损，家里也完好无损，只是门帘烧焦了。没有责怪我们，叹了口气说，那就重新缝补一下门帘吧。

弟弟十岁时，爸爸的一个朋友送给我们一只刚刚出生的猫，这是普通的品种，身上黑、褐、白三色相间，肚皮是白色的，四个蹄子也是白色的，鼻子是阴阳鼻，一半白，一半黑，我们为她取名"阿丑"。

这只家猫跟随了我们十三年，这是当初谁也未想到的。十三岁的老猫，相当于人类八、九十年岁的年纪啊。

弟弟喜欢阿丑，当然我也喜欢，可阿丑喜欢弟弟多一些。老是跟在弟弟的身后，弟弟去哪，她都跟着。晚上就睡在我们床边。

阿丑聪明、骁勇、善战、忠诚。我们亲眼见过她是如何迅猛扑住一只老鼠，几口活活吞掉。也见过她在夜晚与附近的猫相聚，历来是别的家猫围着她。

弟弟要求爸爸在大门的右下角为阿丑割掉一块木板，留了一个空间，方便阿丑深夜回家。

阿丑有一次不慎掉进学校操场的地下通道，我和弟弟以及全院的人家都遍寻阿丑无果。

两天两夜后，在第三天早晨，邻居建青哥哥早上起床，听见微弱的猫叫声，趴在地上的井盖仔细听，是从井盖下面传出来的。

很有可能是阿丑，建青哥哥急忙拍响我家的大门，我们一跃而起，邻居们听见动静，也纷纷开门。

撬开井盖后，听见猫叫声，"是——是阿丑"，大家高兴地叫道。

可是阿丑历经两天两夜的折磨，竟迟迟不敢跳出来，我们趴在井口，耐心地等待、呼叫，终于阿丑一跃而出，一下子窜进屋里，大家开心极了。

弟弟抱住阿丑，把脸轻轻地贴在她的背部，用手抚摸着她，阿丑"咕噜——咕噜"地叫着，逐渐平静了下来。

此后，阿丑还有一次历险记。被邻街的一位住户逮住，用铁丝拴住。一个月以后，我们以为真的把阿丑丢了。突然，一天下午，阿丑又是那样急匆匆的跑进院里，一下子窜进屋里。我和弟弟都不敢相信，仔细端详，阿丑的脖子上生生地被磨去一圈毛，阿丑一定是为了挣脱绳索，使劲地磨出来的。

她这样认主家，更惹得我们怜爱她。阿丑的一日三餐由姥姥和弟弟打理，弟弟主要负责晚餐，通常晚饭后弟弟会和阿丑玩一会儿。后来弟弟上了大学，到了国外工作，每次写信回家，最后一句总要问："阿丑还好吧。"

弟弟离开家后，就由爸爸负责阿丑的吃喝拉撒，阿丑有一套专用的器具，刀、案板、饭碗、便溺盆、小垫子。"我得完成儿子的嘱托啊。"爸爸每次给阿丑在案板上切食物时，总是咧着嘴，微笑着，我想他一定在想儿子了。

有了阿丑，我们的生活不再寂寞，弟弟眼看着上高中了，我已上了大学。弟弟对我的大学生活充满憧憬。

妈妈说，你要是不努力学习，将来只能卖烧土。卖烧土是多年前人们谋生的一种方法，因为没有煤气，家家户户入冬前都要打煤糕，就需要买烧土。妈妈的一句玩笑话，却深深地触动了弟弟。

弟弟认真地对我说，姐，我不想卖烧土，我想上大学。

弟弟开始用功了，个子也一下子长高了，头发卷曲浓密，眉骨突出，眼睛深邃，多好看的男孩子。高三快毕业时，弟弟被保送到全国知名的大学。我们全家为之骄傲。弟弟上了大学更加优秀了。

常常有好消息传回来。我对妈妈说："小乐乐离开我们，风筝飞得越来越高了。"大学毕业，分配到国家级新闻单位，很快便赴国外工作。

我和弟弟一直书信往来，无论他在大学里，还是到国外工作。我们总是互相勉励。我常常给弟弟买这买那。有一次刚上班出差到上海，挤出一点时间，请弟弟到一家咖啡店喝咖啡，我们姐弟俩开心得聊着天。临走，给弟弟买了好多水果。突然有一天，弟弟在信里说，姐，你不用老为我操心了。原来，弟弟彼时已有了女友，他又多了一个关心他的人。我失落了好久，还偷偷掉了眼泪。

我结婚时，弟弟从国外赶回来。初夏的日子。我和弟弟，还有先生，三人在家附近的小巷饭馆里。我们说着话，有一句没一句，那天喝的应该是竹叶青，不知喝了多少。从小饭馆出来，我有些微醉了，一边是弟弟，一边是先生，两个与我最亲密的男人轻轻搀扶着我。

"姐姐，你走路都有点摇晃了，哈哈——哈。"弟弟说道。

"青，走慢点。"先生扶着我，满眼关切地看着我。

我轻闭了双眼，微微笑着。虽然弟弟马上要与我们分别，虽然我与先生的两人世界刚刚开始，但此刻，我觉得我真的好幸福。

每次与弟弟分别，在站台上，在汽车前，在电话里，我都隐隐地想落泪，那个跟在我屁股后的弟弟啊，一个人去走遍天涯。但那次的微醉，总让我记起"人散后，一弯新月如钩"的明亮与温暖。

有一年，羽泉组合来小城巡回演唱，正好弟弟在家，我赶忙订购了四百多元的一张演唱会票。弟弟从音乐会回来，兴奋地给我描述现场的感受，我静静地听着，看他那么高兴，我满意地抿嘴笑了。

后来，过了很久，不知说到什么，先生幽幽地对我说："其实，我也很喜欢羽泉……"

哦，对呀，先生是一个歌迷，歌唱得很好，他也很喜欢羽泉的，我怎么忘了呢？

又过了很多年，我和弟弟领着孩子们在玩具店挑选玩具。侄儿嚷嚷着要两支枪，弟弟说只能买一支。

"孩子好不容易回来一次，姑姑给买，两支都买。"我说。

"噢！谢谢姑姑！"侄儿兴奋地端着枪。

"宝贝，你知道吗？曾经有人用这支枪顶住爸爸的下巴，曾有人用那支枪对准爸爸的太阳穴。"弟弟在旁边夸张的比划着。

我正埋头给幼子看小汽车，听到弟弟的话，抬起头，茫然地问道：

"你说什么呢？"

"在伊拉克战场上的事了。"

"啊？那你怎么没告诉过我们？"

"怎么会告诉你们这些啦？没事的啦！"弟弟轻松地耸耸肩。

弟弟其实离开了我们太久。小时候的日子像窗棂上的剪纸，欢喜地贴在记忆里，泛着微黄。他一个人十八岁离开家以后，就像当年的父亲。从上海到北京，从中国到欧洲、非洲、美洲，从平原到高原，到沙漠。开着越野车，举着照相机，冲进炮火里；潜水在红海，漫步在华盛顿……

我想向弟弟和弟妹约一本书稿，让他们好好写写他们这一对战地伉俪在中东战场上的故事。

书名已为他们想好——《轻舟已过万重山》。

庭前新枣落

儿时的小伙伴们，在青瓦高墙的四合院里，捉蝴蝶，逮蜻蜓，看蚂蚁；捡树叶，摘花朵，拾落枣……童年的时光，我在四合院里，悄悄欢喜。依稀记得，枣树下，欢声笑语，满怀阳光，一地枣子。

枣树下

我们几个仰脖子看的赶忙跑到树下，拾起落在地上的枣子，在衣服上蹭蹭，塞到嘴里，有的又脆又甜，有的又酸又涩。枣儿还不太成熟，可是心急的我们总是想尝尝鲜儿。

西院外是一条细长的小巷，与西院几乎相对的是一个四合院。它的门栏要比西院高一些，门口左右两旁立着两个小石狮子，大门又厚又高，深红色，门上钉着两个铜环。小院里住了两户人家，一户是沈姨一家，一户是石姓一家。

沈姨与沈叔有三个女儿，他们是中医。沈叔在附近一家医院坐诊。沈姨平日在家照顾三个女儿，但她也会看病。方圆几百米的人们都知道沈姨沈叔的医术高明，求医的人络绎不绝。

"沈大夫，我家三儿一入秋就咳个不停。"一位怀抱婴儿的母亲焦急地诉说着。

"莫急，婴儿乳热内火，打打火就该没事了。"沈姨手握着婴儿的胳膊，摸着脉。沈姨方型脸，平眉直鼻，垂耳短发，老穿一件蓝色卡其服。沈姨在家接诊的病人比较多，但我从未见沈姨慌乱过，总是不慌不忙，定睛观望病人，望闻问切一番，让病人拿一纸药方走了。沈姨尤其擅看儿童病，药方不贵，药效奇好。所以远近慕名求医的人越发多起来。

"姗姗，我们一起玩，好吗？"姗姗是沈姨的三女儿，与我年岁相仿。我站在红门门口。

"好呀，小青子，快进来。"姗姗拉起我的手进了大院。

姗姗家的四合院很气派，四面房子青砖灰瓦，高墙粗椽，中间的空地上种了许多花朵，院中央是一棵枣树，树干得两三个成人合臂才抱得住。夏天枝叶四处伸展，几乎把小院覆盖了。花草旁有一个石桌，旁边有几个圆石凳，青色大理石，又滑又凉。姗姗拉我走进大院，坐在石桌旁。

"小青子，你喜欢地雷花还是牵牛花，我给你摘一朵。"

"牵牛花，"我坐在凉凉的石凳上，抬头看看，枣树像一把大伞，随风抖动满身树叶，阳光哗哗地洒落下来。

姗姗摘了两朵喇叭花，把花蒂轻轻一抽，有几根细丝带出，花瓣上沾上水，我们贴在脑门上，一摇一摇好像是小公主，开心地在

院子里跑起来。

小巷再往巷口走，还有一个院子，这儿是简易二层楼，住了很多老师。和我们年纪差不多的女孩有大丽、薇薇、花花，男孩有力力。我们年龄相仿，平日里经常在街边巷口一起玩耍。

但是，我们非常愿意在姗姗家的院子里玩，一来院子里有花有草有树，二来沈姨有时会端上些小吃饼干放到石桌上让我们吃。我们几个再加石姓人家的男孩宏儿一起玩捉迷藏，有很多地方可以藏身，有惊无险的藏猫猫游戏，大家百玩不厌。我们有时会分队玩打仗游戏，在花丛中跑来跑去，不管男孩、女孩都很投入地扮演自己的角色。

力力经常追我们几个女孩，有时我们会大声抗议。宏儿却像个女孩一样，安静地跟我们女孩扎堆在一起。

到了八月，小院更美了，枣树上不知什么时候已长出青绿色的小枣，一天一个样，小枣变大枣，绿枣变红枣，枣儿一颗颗，缀在枝干茎条绿叶间，摇摇曳曳，我们这一群孩子在院子里总是踮着脚，仰着脖子盼着。

"看，那有几颗，好大啊！"花花指着树干说。

"就是，就是，好大啊！"薇薇和宏儿附和道。

"想不想吃？"力力挑起大家的兴致。

"想——"大家都拖了长音，回答道。

"看我的！"力力跑到树下，拾起树下一段枝条，便使劲往树上扔去。"啪嗒，啪嗒"，有几颗枣真掉下来了。

我们几个仰脖子看的赶忙跑到树下，拾起落在地上的枣子，在衣服上蹭蹭，塞到嘴里，有的又脆又甜，有的又酸又涩。枣儿还不太成熟，可是心急的我们总是想尝尝鲜儿。

沈姨在屋里仍安静地给病人看病，不知她是否听到我们在外面的声响，不过沈姨没有呵斥过我们。有时会拿一根长长的树棍去拉一拉挂在枝头已发红的枣儿，摘下来让我们吃。

有一次，力力自作聪明，借着树干的走势悄悄爬上树，用力去晃树枝，把枣摇下来，他越爬越高，最后，他挂在一根分叉树枝上，下不来了。我们大家又着急又害怕，没办法，只好进屋把沈姨叫出来。

"唉，你们这些孩子呀，真是没办法，爬那么老高，不怕摔下来呀！"沈姨嗔怪着，转身进屋去拿梯子，把力力给救下来。

一眨眼，枣儿越发红了。

沈姨这时会主动邀请我们这些小不点儿和她一起打枣，这棵枣树应该有十多岁了吧，产量丰厚。

沈姨把打下的枣放到麻袋里，然后让姗姗和她的姐姐们用盆子舀满枣儿，给周围的邻居朋友送去。每家一小盆子，沈姨送了很多年。

八月庭前梨枣树，

儿童相伴呼应来。

儿时的小伙伴们，在青瓦高墙的四合院里，捉蝴蝶，逮蜻蜓，看蚂蚁；捡树叶，摘花朵，拾落枣……童年的时光，我在四合院里，悄悄欢喜。依稀记得，枣树下，欢声笑语，满怀阳光，一地枣子。

放学路上

上学第一天，妈妈有早自习、有课，不能送我，便委托力力的妈妈把我也一同送到学校。我背着爸爸送我的一个崭新的小军用背包，和力力拉着手走进了国师小学的大门。

有一篇文章名叫《消逝的放学路上》。现在的人多了，车多了，各类事件与危险也多了。而在二三十年前的放学路上，那是怎样恣情挥洒，天高云淡，海阔天空。

我们放学路上要经过国师街、新民街。街都不宽，十来米，道路两旁却碧树连天，有虚怀若骨的槐树，也有张张扬扬的杨树，还有温顺柔弱的柳树。一年四季陪伴着我们这群孩子。

上学第一天，妈妈有早自习、有课，不能送我，便委托力力的妈妈把我也一同送到学校。我背着爸爸送我的一个崭新的小军用背

包和力力拉着手走进了国师小学的大门。

放学了，又是力力妈妈来接我们。我们兴奋地和力力妈妈说这说那。不一会儿，就走到了小巷，走到了小院。

【养鸟记】

很快，我们便不需要大人接送了，因为基本上没有什么大路，路也不远，姗姗、大丽、花花、薇薇他们几个在实验班，我和力力在普通班。小伙伴们可以结伴上下学，尤其是放学。

"谁想玩跳皮筋？"大丽一边说一边炫耀地从书包里拽出崭新的红皮筋，举到头顶，摆了摆。

"呀，大丽，你又有新皮筋了！我玩！"花花满眼羡慕地说。

"我玩！"薇薇一边说，一边微微地蹦了一下，两根小辫子也跟着跳了一下。

"我也玩！"宏儿从来都爱和我们女孩子一起玩，一边着急地说，一边脸都有点红了。

"我才不玩呢，哼！"力力对我们这些女孩子的游戏有点不屑一顾，他自顾自地从书包里拿出一个弹弓来。

"小青子，你不玩吗？"姗姗一边准备把书包脱下来放路边，一边扭头看着我，善意地问道。

"我……我跳得不好。"我嗫嚅着，我因为年龄最小，在很多

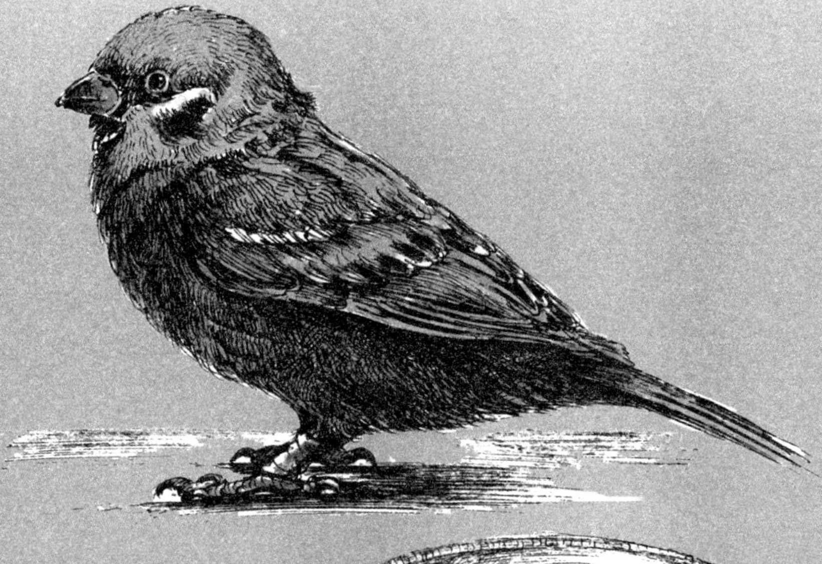

　　小鸟扑棱两下翅膀，纵身一跃，飞起来了。姗姗家的大枣树枝叶繁茂，一转眼小鸟钻进树枝里了。也许，这只小麻雀一直以沈姨的院子为家呢，也许一直没离开过四合院。

游戏项目上并不拿手。

"没事，来，我教你。"姗姗又是那样温暖地抓住我的手，对大丽和花花说：

"你们两个拉好皮筋，我教小青子前勾跳和后勾跳。"

大丽和花花一开始有点不情愿，可又不想让姗姗不高兴，便噘着嘴，把皮筋裹在各自的腿上。我跟在姗姗身后，随着她跳呀，跳呀，渐渐地越跳越高，越跳越好，连大丽也为我拍手鼓劲。

正跳着呢，只听见"嗖"的一声，接着"啪——啪"，一个东西从树上降落在地上。我们几个女孩不约而同朝路边的大树望去，只见力力正举着他的木头弹弓，仰头望着树梢，又跟着落地声盯向地面。

"射中了！射中了！"力力握着弹弓跑向树底下。

我们也扔下皮筋，一起朝树下跑去。

"看，我射中的小鸟，"力力捡起摔落在地上的小鸟，得意地说。

"我看看——"

"让我瞧瞧——"

……

大家围着力力，都想看看受伤的小鸟。

只有姗姗没有走到前面，她皱着眉头，突然大声叫道："别嚷嚷了！小鸟多可怜啊！力力！谁让你射小鸟了？"

113

大家一听，突然安静下来。

力力也怔住了。

"给我。"姗姗不客气地从力力手中接过小鸟，"小青子，咱们给小鸟找个家吧。"

我一听，连忙点头，去小院里找了一个纸盒子，小伙伴们都凑上来。

"那——那——我去给小鸟拿点小米吃吧。"力力悻悻地说，跑回他家小院里了。

我们捧着盒子，进了姗姗家的院子，把小鸟的家放在石桌上。这是一只普通的灰褐色小麻雀，一只腿因被小石子射中，擦破了皮，还渗出点血，小麻雀一眨一眨着眼睛，流露着痛苦和慌张的神情。它想挣扎地飞起来，可由于腿部受伤，一瘸一拐的小爪子只能费力地在纸盒上抓来抓去。

一会儿，力力拿一个小碟子跑进院来，碟子里放了一些小米，力力走到近前，把小碟子放进纸盒想让小鸟吃点东西，宏儿说："我去给他端点水吧。"一转身，他掀起他家门帘钻进屋里，很快，端个小碗，盛满水，快步走到石桌前，把水碗摆在小鸟跟前。小鸟看见我们这么多小朋友，或许是受到惊吓，不碰米和水。我们看着都有些着急了。

"我们都走开吧，就把小鸟放到我家院子里，明天大家再来看吧。"姗姗建议道。

随后几天，我们一放学，都结伴一路小跑到姗姗家的四合院里。

一进大门，沈姨听见动静，走出家门，笑眯眯地说：

"来看小鸟了？小鸟的伤快好了，以后不要再用弹弓射小鸟了啊。"

我们应和着，来到纸盒前，轻轻掀起盖在上面的报纸，看到小鸟正在那儿叨米呢。

水碗里的水都喝完了！哈哈，小家伙不认生了，伤也快好了，扑打着翅膀，眼神没有了惊吓和慌张。

后来，小鸟的伤完全养好了，沈姨说把小鸟放了吧，大家有点不舍，可也同意了。姗姗手里捧着小鸟，它扑棱两下翅膀，纵身一跃，飞起来了。姗姗家的大枣树枝叶繁茂，一转眼小鸟钻进树枝里了。也许，这只小麻雀一直以沈姨的院子为家呢，也许一直没离开过四合院。

【"说谎"记】

放学路上，没有什么高楼、车辆、零食店、网吧，只有小伙伴们前后呼应着一起走着，说说笑笑。那时家庭作业也不太多，老师建议我们要以家庭小组的形式一起做作业，遇到不会的，大家可以一起商量，现在的孩子很少有这种同学一起做作业的机会。但是我们当时非常喜欢这种做作业的方式，一般是四到六个人一组，轮流到每个同学家里。那时大家住的大部分是平房、四合院，总会在院子里找到一块阴凉安静的地方，搬一张宽大方正的桌子。大家按约定到了同学家，坐到院子的桌子旁，拿出书包里的作业本，便开始各自安静地写作业。有时同学的妈妈会给大家分点烤薯片，烤馍干之类的小吃，有时同学家的老奶奶会坐在桌旁的藤椅上，一手抱着一只肥胖眯眼睡着的白猫，一手轻轻扇着蒲扇，慈眉善目地看着一群小不点安静地写作业。写完作业，一般我们都会在院子里玩一会儿，比如玩跳格子、打沙包、找蚂蚁等游戏。同学的妈妈会催促大家玩得差不多就回家吧。同学们的家都离得不远，几百米之内，所以大人们也比较放心，小伙伴们大都是疯玩够了趁天黑前跑回家去。

那时，每个小学生都有一块石板，都有好多石笔，大家可以在石板上写字画画，满了，用布块擦掉，又可以重新写字。有一次，老师布置了在石板上写生字的作业。我按照老师的要求在四人小组完成了作业，之后又蹦又跳，石板上有字的一面挨着书包，反复摩擦着，写的生字竟快看不出来了，而我根本不知道。第二天，老师检查作业，发现我的石板上看不出字迹，便认定我没有写作业，点名叫我站了起来。

"你为什么不写作业？"那位姓金的语文老师问道。

"我写了。"我站起来，满脸通红，低声地说。

"还敢说谎！石板上没有啊！"金老师眉毛几乎倒立起来，早晨的太阳照在她脸上，她额边的青筋扭动着，使她的面部看起来有点儿扭曲。

"我写了，石板上的字蹭得没了。"虽然我的声音低，但我一个字一个字慢慢说出，表达了我的坚持与不屈。

"啪！"金老师快步走到了我的桌前，扬起手打到了我的头上，她没想到她的权威受到挑衅。

我感到脸辣辣的，头嗡嗡直响，没有疼痛的感觉。只觉得所有同学的目光都落在我的身上，眼泪在眼眶里打着转，硬是没掉下来。

比起三毛，我还算幸运，并未受到更多体罚，但老师的武断和粗暴会给孩子幼小的心灵带来难以弥补的伤害。三毛厌学和出世的人生态度与她早年在学校的经历不无关系。我发现老师并不一定可以信任，我变得不太爱说话了，喜欢没事就看看书，小小年纪，写的作文竟有点忧郁的味道。

【丢包记】

提起放学路上，还有一件当时认为是惊心动魄的事，那就是"丢包记"。

小时候上学，同学们背的书包，不是自己做的布包就是大人用旧的提包，很少有人有新书包。爸爸是军人，部队上会发一种叫"军挎"的绿书包，帆布质地，平整结实，颜色是正宗的"解放军"的那种绿。当时，非常流行穿军装、戴军帽、背军挎。我要上小学了，爸爸早早为我准备好军用帆布包。我把书本整整齐齐地叠放在里面，一层一层，大小非常合适，别提我有多美滋滋了！

有一年夏天，放学了，小伙伴们相约走在路边先玩跳皮筋，又玩跳方格子。姗姗、花花、大丽、薇薇，还有一些别的同学，大家玩得好开心。我跳皮筋的技艺在姗姗的帮助下，越来越好了。玩方格子，就是用粉笔在路边划上格格，在用空的鞋油盒子里装上土或沙子，大家放在格子边，用手娴熟地扔了鞋盒子在第一个格子内，便抬起一条小腿，用另一条腿一下一下地踢鞋盒子，一格一格往前走，往返都能踢到相应的格子里就赢了。我们啪啪扔着鞋盒子，咚咚抬腿跳来跳去，不知不觉天快黑了。大家都慢慢散去，我也撒丫子跑回了家。

等吃完晚饭，妈妈突然问道：

"小青子，你的书包呢？我怎么没看见呀！"

我一听，打了个机灵，一下子站起来，哎呀，刚才光顾得玩了，书包扔到路边墙角下，走的时候竟忘得一干二净！

"妈妈……"我怕妈妈生气，一时不知该怎么说。

"丢哪了？快说呀！"妈妈一着急，声调也高起来了。

"刚才在新民二条街上玩跳皮筋、跳方格子，我把书包扔在路边了，回家时忘了拿了！"

我低着头，揉着衣角，眼睛盯着鞋。

"快点，还耽误什么，咱们赶紧去找找！"妈妈把准备要洗的碗筷往桌边一堆，拉起我的手就往外走。

天已经黑了，虽然是夏天，虽然天空上有星星，虽然有路灯，可是街上的人却稀稀疏疏。等我们小跑着赶到刚才玩的路边时，路边墙角空空如也，哪有什么书包的影子！妈妈又问我：

"你肯定是把书包放到这了？"

"嗯！"我狠狠地点点头。当时好多同学都把书包扔到墙角，堆到了一起。怎么也没人提醒我一下呢？

"这可怎么办？丢了书包倒没什么，关键是书包里的书本啊，马上就要考试了。哎，你说说，你这个孩子！"路灯下，一对母女伫立着，女儿因为粗心疏忽，丢了书包，惴惴不安，母亲则为女儿即将面临的期末考试而焦急。

妈妈左顾右盼，前后全找了一番，根本不见书包的踪影，叹了口气，拉着我的手说："走吧，先回家吧。"

我和妈妈沿着小路的路沿子走着，然后拐弯，又走了几步，隐约看见一棵树下散落着一些东西，走近一看，竟是我书包里的书和本！

　　我和妈妈急忙蹲下，就着路灯的灯光，把一本一本散落在地上的书本忙不迭地捡起来。

　　我和妈妈把书本捧在手上，刚才的不安和焦虑不见了。

　　"没事了，小青子，只要书本在，就好了。那个军用包丢了就丢了吧，明天妈妈给你缝个布书包。"妈妈用一只手拍了拍我的肩膀。

　　"妈妈，我错了，"我还是充满了愧疚地说，"我以后再也不这么贪玩了。"说心里话，对于拿我书包的人，我又恨又谢。恨他竟然偷走了我心爱的军用帆布包，谢他还发了慈悲，把我的书本扔了出来，使我免受没有书本之苦。

　　"没事了，小青子，没事了，"妈妈在夜色里轻声说。

　　我和妈妈一人捧了一摞书，走在回家的路上。

转学记

我盼着妈妈早点回来，盼着妈妈给我带回好消息。我趴在窗台上，看小院里的瓜架绿叶，听蝉叫声声。我不知不觉长成一个十一岁的有点忧愁的女孩子。

我上四年级了。

姗姗她们还一直在那个实验班。

我也想上那个实验班。

妈妈也想让我上那个实验班。

可是这个愿望变得遥遥无期，无法实现。妈妈毅然决定让我试着考一考，争取转学到当时城北区最好的小学。

我当时并不知道妈妈的难处，只是一直想和姗姗、花花、大丽、薇薇她们能在一个班。金老师的出现使我产生了一点逆反心理。望着金黄的落日，我怅然地走在回家的小路上。

有一天我刚上完两节课，妈妈突然到学校接我出来。我坐在自行车的大梁上，妈妈把着车把，努力地骑着飞鸽牌二八号自行车。

"妈妈，咱们这是去哪儿？"我仰起头，侧脸问妈妈。

"小青子，妈妈带你去后河小学。你知道，这是城北这一片最好的小学了。妈妈想让你考考试，争取转学到这个学校。"妈妈身子微微前倾有些费劲地骑着车子，有点气喘地说道。

"妈妈已经和学校的教务主任打了招呼，一会儿我们就过去考试。"妈妈接着补充道。

"啊！妈妈！那会考什么呢？"我对即将出现的后河小学一点直观印象都没有，对于即将面临的考试更是一点儿概念也没有。我有点儿胆怯了。

"小青子，这个机会很不容易，你一定好好考！"妈妈似乎并不紧张，看起来从容镇定。

一会儿，骑车到了后河小学，妈妈拉我到教务主任办公室，一个四十来岁的男老师接待了我们。妈妈和那位男老师说明来意，男老师重重点点头，微微皱着眉头，说道：

"先让她做两份卷子吧，我们看看成绩再说。"

男老师给我拿出一份语文、一份数学卷子，告诉我每份卷子做四十五分钟，然后就出门了。妈妈也又急急赶回学校上课去了。

一个半小时很快过去了。男老师推门进来了。我已经完全答完两张卷子，一抬头，才发现窗外的阳光那么明媚。窗台上的花花草草都映着阳光，绿得透亮呢。我坐在椅子上，安静地等着，等老师的评判，等妈妈的到来。男老师则捧着我的卷子仔细看着。

正在这时，妈妈急匆匆地推门进来了。

"张主任，孩子考完了吧？我刚下课，不好意思。"妈妈的头发也许因骑车太快，刘海都飞到额头上了，鼻翼上冒着微汗。妈妈带着歉意和男老师笑着搭话道。

"婷老师，孩子考得不错。"男老师一边说，一边抬眼看了看妈妈，又看了看我。

"尤其是她的作文有情有理，我给了满分。那你尽快办理转学手续吧。"男老师满意地冲我点了点头，露出一丝笑意。

我迅速抬头去看妈妈，只见妈妈一下子高兴得眼角和嘴角都荡起笑意，我喜欢看见妈妈高兴，看见妈妈笑。妈妈激动地说：

"噢？是吗？那真是太谢谢了，太麻烦您了！"

说话间，拉起我的手，对我说：

"快，还不谢谢张主任。"拍了拍我的肩膀，略带怜爱地说，"这孩子，就是不太爱说话。"

然后，妈妈和我都向男老师鞠了躬。出得门来，走到自行车前，妈妈俯身问我：

"小青子，你作文写什么了？怎么会给你满分呢？"

我写的应该是一次运动会的事。妈妈平时总爱辅导我如何写好一篇文章，布局、构架、主题等。我应该是运用了以小见大的手法描述了平凡的运动会，但是在当时，在四年级学生的笔下，应该是篇热情洋溢、引人入胜的小文章。妈妈带我回家的路上，竟然哼起了好听的歌儿！

来到后河小学，我又有了新的老师，新的同学，我很快融入到新的班集体里了。

和以前上学放学朝东走的路相反，后河小学在西面，但是，我仍然可以在放学后走到小巷口，等到姗姗等一众好朋友，一起玩耍，再一起走回家。我们在一起玩着，以为日子就这样一天一天平淡无奇地过下，然后大家一起考初中，一起上中学。

五年级快结束的时候，大丽有一天突然告诉我：

"我们五年级毕业了，我们马上就要上初中了。"

"啊？你不上六年级吗？"我诧异地问道，因为当时教育部门刚刚更改了上小学的年限，由五年变为六年。

"我们是实验班嘛，就只有我们班不用上六年级就可以上初中了。"大丽仰着下巴，翻翻眼珠子，炫耀地说着。噢！又是实验班！

我和几个小伙伴一起长大、一起上学。而现在不能和她们一起上中学，有一种被朋友抛弃的感觉，落寞而伤心。我暗暗下决心一

定要和她们一起上初中。

  我开始磨妈妈，去跟校长说，让我也能上初中。那个夏天，闷在家里，妈妈上学校去了。我盼着妈妈早点回来，盼着妈妈给我带回好消息。我趴在窗台上，看小院里的瓜架绿叶，听蝉叫声声。我不知不觉长成一个十一岁的有点忧愁的女孩了。

跳级退级记

我赶紧把手中的皮筋塞进了课桌，站起身来，走向讲台，感觉所有同学的目光都落在我的身上，这样的感觉好像在小学也有一次，就是老师冤枉了我未写完作业的那次。但这次我是迈着自信的脚步走向讲台的。

我如愿以偿地坐在了宽敞明亮的妈妈所在的中学教室里。我的个头还不低呢，坐在教室后面几排，最令我开心的是我终于和几个儿时的小伙伴坐在一起，成为同班同学了，我的心里充满兴奋、好奇、紧张。新学校、新老师、新同学、新课程，一切都刚刚开始。

在班里，我的年龄最小了，有的同学比我大一两岁。刚开学不久，班主任高老师问谁可以负责教室里的展板画宣传工作？高老师三十出头，个子不高，梳一个粗粗的大辫子，大大的眼睛，口鼻方正，目光祥和，声音柔美。

不知哪儿来的勇气，我奋力举起了手。

下课后，我们几个同学开始商量板报的内容。花花和薇薇走过来，斜睨着我，问道：

"小青子，你行吗？你会画画吗？"

我抿了抿嘴，我知道，她们是有点儿不相信我，我是一个小豆包，一个跳班生。我没说什么，转身和同学商量去了。

那天，我和几个同学一直在教室的黑板上写写画画，一直画到很晚，我画了全部的图画。第二天，当同学们一一进入教室，瞬间都被我们精美的板报吸引了，围过去，啧啧赞叹。听到同学们的赞叹声，我又抿了抿嘴，深深地吸了口气，坐在了自己的座位上。

高老师的语文课，我十分喜欢，她经常给我们讲一些文学家的故事，声音温厚有磁性，粗辫子在她身后好看地垂着。她鼓励我们多阅读课外书，我会常常按照老师推荐的书去买一些回来。

那是开学后第一次写完作文，下发作文本的日子。

课间休息时，同学抱了厚厚一摞作文本放在了讲台上。我和同学们跳皮筋回到教室，看到作文本，便跑过去伸脖子一看，第一本竟是我的作文本，赶紧翻了一下，是八十分。我吐了吐舌头，心想，这是写得不太好吧，我印象中是学习了鲁迅先生的《一件小事》后要求写作一篇记事文章。我写的是如何把家门口邮筒清理干净的一件小事，我实在记不得我写的有什么高明之处，结果正当我坐在座位上，整理手中皮筋时，只听高老师说：

"这是我们开学后第一次写作文，全班只有一个同学得了八十分，我们请她上来为大家读一下她的作文。"

然后，老师清晰地点了我的名字，我错愕地瞪大眼睛，啊！是我吗？我赶紧把手中的皮筋塞进了课桌，站起身来，向讲台走去，感觉所有同学的目光都落在我的身上，这样的感觉好像在小学也有一次，就是老师冤枉了我未写完作业的那次。但这次我是迈着自信的脚步走向讲台的。

我开始大声朗读，同学们静静听着。

就这样，高老师激发起我学习语言、爱好文学的极大兴趣，而我也被选为宣传委员。刚入学时因是跳班生而有点胆怯的心理逐渐消失了。

我快乐地享受着初一生活。大半个学期过去了。

突然有一天，学校通知妈妈，我必须回小学读六年级，教育部门不允许有这样的跳班生。此时六年级的课程已全部学完，开始了升学前总复习。

我别无选择。又回到了后河小学，感觉从天堂掉到地狱。

班主任鲁老师接纳了我，她是全校闻名的严厉老师之一，但对我却格外关心。考前的复习非常紧张，每天下午放学都要到晚上七、八点了。这时已没有小时候轻松的放学路上了，出了校门，大

　　不知有多少次了，半夜梦回之
际，窗前总是亮着一盏黄暖的台
灯，妈妈披了件马夹或衣服，端坐
在桌前，听见笔端在薄脆的教案纸
上沙沙响过，那时夜极静。

多时候已暮色降临，深蓝的天空上偶尔有几颗星星。印象中，背影在路灯下拖得长长的。回到家，吃完饭，便开始写作业。后河小学以苦学和题海战术著称，作业出奇得多，常常写到很晚，有时写着写着就睡着了。

妈妈心疼我，把我抱到床上，有几次悄悄替我写完了作业。

这时，爸爸已从边塞调回小城的部队医院，爸爸妈妈长达十二年之久的两地分居生活终于结束了。看着我学得辛苦，爸爸主动承担起辅导我数学的任务。记得爸爸带我去书店买回几本数学辅导书，其中有一本浅蓝色的数学题解集，爸爸摊开好多草稿纸，反复地给我讲解。我清楚地记得和爸爸一起算出难题答案时的快乐。在爸爸的辅导和鼓励下，我越来越有信心了。

小学升初中的考试时，妈妈在场外等着我。考完一门后，我跑出教室。

"妈妈——"我眼尖，一眼看到了举着冰砖的妈妈，朝站在学校大门口外的妈妈跑过来。

妈妈正举着一根平时我们舍不得买的冰砖，冰棒是二分或五分一根，而冰砖奶味大，要一角钱一根。妈妈手里的冰砖都有点化了。

"小青子，快吃一口，然后上个厕所，再考下一门。"妈妈把冰砖从大门栏缝中递进来，我高兴地接过来，狠狠地咬了两口。一边嚼着，一边对妈妈说：

"妈妈，我觉得这一门考得还不错。"

很快，到下一门开考时间了，我朝站在门外的妈妈挥了挥手，跑回了教室。

公布成绩那天，我不知道去哪儿玩了，妈妈去学校看的成绩。我竟然考了全校第一，差总分仅三分。

妈妈带着盈盈浅笑，回到小院，一进门就叫道：

"小——青——子——"

我正和小伙伴们在院子里玩呢，妈妈又像当初我被后河小学录取一样激动，抓住我，俯下身来，满眼欣喜地说：

"小青子，你考了第一名哟！"

我诧异地没反应过来，我只是很努力地学习，并没想过要考成什么样子。

但是，我好喜欢看到妈妈高兴的神情啊，她满眼、满脸的兴奋，嘴角是带着盈盈浅笑，我看到妈妈这么高兴，我也高兴起来了。

歌声归棹远

这条银杏路我每天骑车而过，整整三年。早晨顶着朝霞，晚上伴着落日。春天，看路两旁的银杏树慢慢爆出嫩芽；夏天，数一树一树的叶子，绽放长大；秋天，听黄叶随风打卷飘落地上，瑟瑟叹息；冬天，想着春天就快来了，我又要高一年级了，银杏树又快爆芽了。

银杏路

　　秋天的银杏路是一年中最美的时候，因了一场又一场的秋雨，道路被洗刷得更加干净了。阳光照在沥青路上熠熠发光，而银杏树正抖擞着一树的黄色、金色、红色、绿色的叶子，色彩斑斓，阳光照在树叶上，折射出点点碎片一样的金光。

　　吴中应该是小城数一数二的中学了。有近百年历史，有一大批优秀教师，有宽阔美丽的校园……但最令我难忘的是吴中所在的那条道路——银杏路，路面不宽，却极为干净，街道两旁的商铺窗明几净，从里到外透着笃定和安然。路两旁静悄悄地矗立着一株株挺拔、优雅的银杏树。

　　这种树在北方，在小城并不多见，到了春天它开始爆出小小的嫩芽，像一个个小手掌，风一吹，三天两天就长大了。银杏树并不特别茂盛，不像杨树、槐树总是一股脑儿地绽放满树的绿叶。银杏

树像一个矜持的少女，一点点长高，一点点绽放树叶，那种绿不是浓绿墨绿那种浓得化不开的颜色，而是非常舒服的不张狂的绿色。银杏树叶是一片片长大的，每片都像少女头上戴的好看的小饰品，小手掌一样的一点点长成大手掌，叶片上的叶脉如同手心上的纹路，清晰可辨。风一过，小手掌一阵窸窸窣窣、哗哗啦啦，好像为谁鼓掌呢。

到了秋天，银杏树随着一场场的秋雨开始一点点变黄。变黄的过程和长大的过程一样，也是一点点地开始发生变化。黄色从小手掌树叶的边缘开始，逐渐蔓延，嫩黄，金黄，赭红，焦红，直至树叶慢慢卷曲，像手掌握住了，最后随秋风轻轻飘落下来。

秋天的银杏路是一年中最美的时候，因了一场又一场的秋雨，道路被洗刷得更加干净了。阳光照在沥青路上熠熠发光。而银杏树正抖擞着一树的黄色、金色、红色、绿色的叶子，色彩斑斓。阳光照在树叶上，折射出点点碎片一样的金光。满树的叶子，满树的小手掌，哗啦哗啦的，也许每一片树叶都知道从生到落的过程，他们知道不远的将来，他们会离开依恋了一春一夏的枝干，他们丝毫没有悲伤，每一片树叶始终金灿灿的，直到坠落的一瞬间，都好像鼓着掌唱着歌，欢快地跟着风跑走了。

我是从秋天喜欢上了银杏路，还是因银杏路喜欢上了秋天，不得而知。十二岁的我第一次离家骑着自行车从城北到城南，开始了我的初中生活。

　　早晨天蒙蒙亮，我就出发了，从柳巷骑到银杏路，空气一下子干净纯净了。上学的路微微有点上坡，我会更加吃力地骑车，也使我有机会抬起头或侧着头看看路两旁的银杏树。银杏树也早起了，少女一般梳洗打扮，她迎着晨曦，抖抖夜里的露水，舒展臂膀，轻轻吟唱着，好像也在注视着我，我更努力也更心安地骑着，哼着歌到了学校。

　　放学回家的路更是欢快呢。整个路有点下坡，只要猛蹬几下，把车把扶好，车子会一溜烟地自己往下跑。黄昏中夕阳里，银杏树又轻轻抖擞着，看着这个齐耳短发的小姑娘穿巷而过，朝着妈妈在的地方飞奔而去。

　　这条银杏路我每天骑车而过，整整三年。早晨顶着朝霞，晚上伴着落日。春天，看路两旁的银杏树慢慢爆出嫩芽；夏天，数一树一树的叶子，绽放开来；秋天，听黄叶随风打卷飘落地上的叹息；冬天，想着春天就快来了，我又要高一年级了，银杏树又快爆芽了。

三剑客

我们都骑车去过彼此的家，三个小姑娘，都梳着齐耳短发，欢快地排着队骑着车，疾驰在银杏路上。风飒飒地在耳边响着，头发向后飞扬着，银铃般的笑声撒在路上，银杏树着急地哗哗作响，和我们一起撒着欢儿。

淑、小燕子和我不知何时成了"三人帮"，好朋友。淑出身大学教授之家，天生就是学习的料，数、语、外，门门优秀，样样精通。她瓜子脸，粗眉凤眼小嘴，你要是有什么难题问她，只见她拿出一张纸和一支笔，细声慢气地几下就解了出来。尤其是我有点儿头疼的数学，淑好像知道谜底似的，每次都轻松地帮我找到解题思路。

小燕子个头身材和我相仿，大嗓门，特别爱笑。一到了运动场上就是她的天地了。小燕子家有运动基因，她腿比较长，短跑、长跑、球类，好像没有她不擅长的。尤其是短跑，跑起来就像洁白可爱的小兔子一样，嗖的一下，看不见了身影，短跑项目在全市还取得过名次呢。

我嘛，则是爱诗、爱做梦的文艺女孩。那时已开始喜欢唐诗宋词了。记得用妈妈给我的钱买了一本《唐诗鉴赏辞典》和《宋词鉴赏辞典》。我可以捧着书，一直读一个上午或一个下午。当然，那时我也非常喜欢毛泽东的诗词，春天和秋天里可以与古人神交，而枯索寒冷的冬季里，毛主席的诗词总给人一种铿锵的力量与豪气，让人不至于萎靡不振。

我们三个女孩，个头几乎一样高，都爱笑，动静结合，文体兼容。三个人常常结伴一起骑车，一起在操场上溜达，一起冒险。

吴中北面仅一墙之隔就是小城的中心公园，公园面积近千亩，也有几十年历史了。那时进公园是要收门票的，五角吧，可是我们几个连这五角也没有啊，又非常想到公园里走走瞧瞧。于是我们三人相约翻墙入园。我们在学校北面的墙角下垒起几层高的砖头，小燕子身手最敏捷，三下两下，她先爬上了墙头，伸出手拽我和淑。淑最瘦弱，我使劲儿把她往上托举，小燕子在墙头着急地低声叫道："把手给我，淑！"只见淑微闭眼，紧咬牙，把手向上递着，一使劲儿也爬上了墙头。我也不示弱，跑到稍远处，加一截助跑，使劲儿一踩垒了几层的砖头，把手向上一伸，小燕子和淑一齐合力

把我也拽上来了。只听见砖头稀里哗啦倒了一地，我们挪转身体，哈，这里就是公园了！

我们三个拍拍手上的土，估摸一下落地的高度，蹲好姿势，轻轻一甩臂，"三剑客"嗖嗖跳入公园的软泥土地上。我们趴在地上，三个人你看看我，我看看你，兴奋得笑出声来，起身拉住手，向公园深处跑去。

初二的夏天，由于长跑项目不达标，爸爸骑着自行车陪我练长跑。爸爸在前面骑一个老式黑色二八自行车，我短衣短裤球鞋，跟在后面跑，一开始直喊太累了，跟不下来。爸爸就答应我明天骑得再慢点。就这样，一个暑假下来，我竟深深地爱上了长跑！而且在学校的长跑比赛中一下子脱颖而出。淑和小燕子为我高兴，问我长跑的秘诀是什么。我想了想，翻翻眼珠，说出两个字，坚持。就这样，我参加了学校五千米，甚至万米马拉松长跑比赛。每次跑步，淑和小燕子都会早早在转弯跑道的地方占好位置。等我绕了不知几圈跑道后，感到有点体力不支时，小燕子和淑就出现了。"加油，青！""加油，青！"她们两个又甩臂，又跺脚。有时我听不清她们在喊什么，只知道她们一直注视着我，陪伴着我。尤其是一次万米长跑赛中，我取得了全校第一还是第二的好成绩，跑到最后，全身轻飘飘的，头发已湿透，跑到终点时，燕子和淑急忙搀扶住我，拿了毛巾帮我擦汗。

　　我们都骑车去过彼此的家，三个小姑娘，都梳着齐耳短发，欢快地排着队骑着车，疾驰在银杏路上，风飒飒地在耳边响着，头发向后飞扬着，银铃般的笑声撒在路上，银杏树着急地哗哗作响，和我们一起撒着欢儿。

　　初中毕业后，大家去了不同的高中。三十年过去了。淑在全国一所知名高校里做了大学教授，小燕子当兵上军校，在部队干休所当了一名英姿飒爽的主任军医，而我，则成为一家出版社的副总编辑。三十年里，大家聚少离多，掰着手指头算，也没见过几次面。可是一见面，大家总是无话不谈，有说不完的话。

　　上初中，有个男同学对我很好，而我则常常视而不见。在三十年聚会时，淑简单直接地问我："曾川对你那么好，你那时为什么不理人家呀？"我一时没回过神，不知该说什么。

　　暑假我们全家去小燕子所在的城市旅游，我给燕子打了个电话。小燕子全家十分热情，孩子们在一起玩得开心，男人们酒喝得畅快，而我们聊得也尽情尽兴。小燕子给我讲了她和爱人的恋爱故事，两个军人，两座城市，苦尽甘来。尤其是她说到如何在军营里偷偷脱了军装，换上便装，坐好几个小时的火车去见心爱的人时，我的眼泪都快下来了。两个四十岁的女人谈到青涩而甜蜜的爱情时，脸上依旧飞扬着神采，心里静静分享着快乐。

记得当年我们年纪小，

我们一起唱歌，

一起笑。

长长的跑道上，

幽静的公园里，

亭亭的银杏树下

……

记得当年我们年纪小，

我们一直唱歌，

一起笑。

歌声归棹远

隐隐歌声归棹远，

离愁引著江南岸。

越女采莲秋水畔……

照影摘花花似面……

露重烟轻，不见来时伴。

在吴中的三年，似乎没有太多的学习压力，同学们有时间在教室外面、在操场上疯跑、打闹、追逐；会相约溜进一墙之隔的公园，摘树叶、挖蚯蚓，闻好闻的草味和泥土味；同行的或要好的伙伴会一起在银杏路上骑车，或推着车子漫步走在银杏路上；放假了会一起去好朋友家里做客，而叔叔阿姨总会热情地招呼，给我们时

140

间和空间聊天，侃大山，嬉笑玩耍。

几十年后，长子也上了吴中。走在银杏路上，看着车来人往，鳞次栉比的商铺，喇叭声、车铃声、吆喝声……我突然什么也听不到了。抬头看看路两边的银杏树，有多久未来看望她们了？她们还是像几十年前一样在夏天伸展着臂膀，身姿摇摇曳曳，欢快地晃动着每一片小手掌。小手掌继续上下翻飞抖动着，我仿佛看到了二十多年前十几岁的我和我的同学们。他们的脸依旧是年轻的，眼神依旧是清澈的，神情依旧是天真的。

班上有几个女同学，个子很高，非常高，不是，是非常非常高。石头那时就有一米七快一米八了，红红也有一米七，最低的高个女孩大卫也马上就快一米七了。她们三个站在一起，就像一排高高的篱笆，把人挡得都看不见远处了。她们除了个子高，最大的特点就是体育好，嗓门大，直性子，热心肠。

和她们站在一起，应该是三个白雪公主和一个小矮人的感觉。

石头个高腿长，长方脸，大眼睛，厚嘴唇，爱梳两个小辫子。在球场上，叱咤风云，在班里，却安静平易，完全没有"体育明星"的架子，像大姐姐一样爱关心人。红红是校田径队的，高高壮壮的，圆圆的脸，圆圆的眼，圆圆的嘴，总爱穿着墨水蓝的运动衣，几乎很少穿女孩子们喜欢的花衣服。大卫头发微卷，浓浓的眉毛，深深的大眼睛，嘴嘟嘟的，皮肤也白净，有点洋娃娃的感觉。

就是这三个高个子女孩组成了"鸵鸟队"，其实没人这样叫她们，在我心里，她们就是这样高高的一道风景线，气场强大，青春无敌。

每逢放假，红红、大卫、石头会结伴来我家看我，在小院的家里一坐就是一下午，聊天、看书。大家一见面，都忙不迭地把发生在身边好玩的事一股脑儿地倒出来。红红会张大嘴，夸张地大笑，石头会捂住嘴或用手拍着大腿前仰后合，跟着放声大笑，只有大卫貌似矜持地、不温不火地把没讲完的笑话继续讲完，等她讲完，大家笑得快岔气了，而她却佯装不明白你们这是怎么了。

二十多年后的石头阴差阳错在银行做了高管，红红做了财务方面的自由职业者，没有多大束缚，而令我们一直担忧的是大卫，年过四十，一直单身，这么好的姑娘，为什么没有等来她的真命天子？也许，好姻缘就在前面。

寒烟应该是班上最漂亮最骄傲的女生了。个头不高也不低，身材不胖不瘦，头发微微有点自来卷，爱梳高高的马尾辫，粗粗的，走起路来，一甩一甩的。寒烟的眼睛最好看，双眼皮双格愣愣的，一双眼睛在弯弯的眉毛下面显得毛茸茸的，长长的眼睫毛一扑闪一扑闪，眼睛更加水汪汪的。鼻梁挺拔，嘴唇总是红润的。高兴的时候，寒烟喜欢把嘴角向一个方向抿起来，眼角也向上挑起来，微微

地笑着的样子，最让人喜欢了。

寒烟出身高级知识分子家庭，父母都是工程师，对她家教很严，要练书法、弹钢琴，男孩子想接近她不是件容易的事。而且她美丽得像个公主，男孩子也不敢接近她。

她和我一样喜欢文学、爱写诗、爱做梦。有的时候，她会主动约我一起回家。我们推着自行车，走在银杏路上，银杏树下。我们讨论过一些关于文学的话题，也聊过一些关于人生的话题。我从侧面看她，高挺的鼻梁，脸的轮廓被夕阳映衬得镶了金边。

初中毕业后我们鲜有联系，直到上了大学的一个圣诞节，突然收到了寒烟给我寄来的一张贺卡，贺卡封面是深蓝的星空下，有一个美丽的小公主。打开贺卡，是寒烟写的一首诗，流露着深深浅浅对青春的迷惘与思索。我想她就是那个仰望星空的小公主。再后来，听说她出国了，又回国了，结婚了，又离婚了，又出国了，又结婚了。我知道她是把生活当做梦来过的。只是她是否知道她在桥上赏月，却装饰了别人的梦。

海燕的家是最远的，很远很远，所以中午她不回家，我有段时间中午也不回家，于是我们很快就熟络起来。

海燕是朝鲜族女孩，母亲是马来西亚华侨，她穿的衣服说的话和我们大家都不太一样，和她在一起，总有新奇的感觉。她曾约我去她家，走了很远很远，总算到了，她的爸爸妈妈热情招呼我们，给我们做了朝鲜饭，用勺柄很长的木勺或银勺，我敲敲拍拍，觉得好玩。海燕的哥哥是个流行歌手，家里贴着酷酷的海报。海燕长得长方脸，牙齿不太好，她待人真诚，做事不争先，但真正需要帮助的时候，她总是义无反顾地向你伸把手，我知道她偷偷喜欢班上一个男孩小志。小志学习好，体育好，颇有人缘。海燕可以说是喜欢小志低到尘埃里的，小志可能一直不知道有个女孩一直默默地关注他，喜欢他。

海燕后来就如她的名字一样，飞到大洋洲去了，她一定找到了喜欢她的人。

曾川好像坐在我的座位前还是座位后，真的记不清了。他出身军人家庭，穿着绿色军裤，白衬衣，绿军包。他是英俊的，有一点忧郁，但他非常真诚。他的数学好，我问过他数学题，他不厌其烦地在纸上画来画去，我假装"噢——噢"地点头，也不知道听懂没有，后来父亲调回小城的部队医院，在部队宿舍大院分了一套小房子，于是我和班上所有部队医院子弟成了邻居，当然也包括曾川。

我们一帮同学，下了学，会哗啦啦一片，结伴骑车飞驰而去，也有哪天下午放学后推着车子一起走在银杏路上。我非常喜欢银杏树叶子，可银杏树的枝干都高高向上举起，小手掌似的叶片也高高立于枝干。我们"三剑客"把车子立在树旁，使劲跳高想拽几片树叶，可够不着，我们正"哎呀"、"哎呀"地蹦着，曾川路过看见

　　春天，看路两旁的银杏树慢慢爆出嫩芽；夏天，数一树一树的叶子，绽放开来；秋天，听黄叶随风打卷飘落地上的叹息；冬天，想着春天就快来了，我又要高一年级了，银杏树又快爆芽了。

了，把车子一放，轻轻地一跳，长胳膊长腿的，一下子帮我们拽下好几片树叶。他微微带着笑，递给我们。我们高兴地你争我抢，曾川何时走的，都没注意。

快毕业时，曾川有一天看起来很紧张地等在我放学路上的一个路口，跑过来，塞给我一个粉色的塑料皮笔记本，然后就匆匆溜掉了。这是我头一次接受男孩的礼物，站在路边，捧着漂亮的本子，怔了半天，再抬头已暮色四合，我俯身捡了一小串银杏树叶，上面有两瓣树叶，我吹了吹，轻轻把树叶夹到了本子里。

然后我们就毕业考试了，我去了另外的高中，再上大学，再遇到另外的男孩子。那个本子我从来未用过，一直放在书桌里，偶尔翻开，黄绿黄绿的银杏叶脉依旧清晰，一条一条地伸展着。也许小叶子仍然记得春天里明媚的阳光和清新的气息。

还有很多片叶子，还有很多同学。他们的脸在记忆的河流里已模糊。但仍记得大家围坐在前后课桌，放声大笑的样子。

记得深夜回家，峰同学一直护送我回到家门口，多年后见面，他笑言，你知道吗？送完你回家，我的一只凉鞋开了线，愣是光着一只脚走回家的。

记得辉同学与威同学，一个男孩，一个女孩，两个同桌，极聪颖，为一道难题不同的解法争得面红耳赤。两个好学生如今都在美国，从事高端科研工作。

记得叮当同学，我的同桌，真正的学霸，身材微胖，皮肤黝黑，眼睛细眯，不苟言笑，永远生活在思考中。一路过关斩将，考上了清华大学。三十年后，同学圈的微信群里突然加进了叮当，彼时，他身在美国，好像瘦了，帅了，眼睛睁开一点了，当然也老了。

照影摘花花似面，

抬头采叶叶像心。

……

雾重烟轻，

不见来时伴。

……

隐隐歌声归棹远，

离愁引著江南岸。

风景旧曾谙

我知道我们有一天会相遇，会好好诉说这么多年的悲欢离合。

三叶草

三个女孩，就像三片树叶，就像三棵小草，连着支脉，曾一同生长，但命运却各不相同。我知道我们有一天会相遇，会好好诉说这么多年的悲欢离合。

我的高中是在妈妈的国师中学度过的。

我又回到了妈妈身边，回到了朝夕相处的国师街，回到了柳絮飘飞、槐花飘香的时光隧道。

小月、小禾和我，三个女孩何时成了要好的朋友，我们也不知道。小月，言辞犀利，走起路来风风火火，两道眉毛向上扬着，巾帼不让须眉，指的就是小月这样的女孩。小禾，鹅蛋脸，杏仁眼，精致的鼻子和小嘴，活脱脱一个小家碧玉。小禾特别爱笑，只要听到清脆的笑声就是小禾来了。

小月和小禾家离学校非常远，每天都是要花一两个小时的路程。中午我有时会邀请她们来我家的小院，三个女孩挤坐在我的小床边，妈妈给我们做点西红柿面什么的。我们三个人捧着碗，吃得香极了。然后会挤在一张床上休息一会儿，再一起去上学。

高二我的生日时，小禾笑盈盈地来到我家小院。

"青，知道你喜欢文学，送你一本名著。"小禾举着一本厚厚的淡黄色封皮的书递到我手中。

我连忙接过来一看，是《简·爱》！我好喜欢啊！我抬头看看小禾。

"谢谢小禾，我真喜欢呀！"小禾弯着一侧嘴角，露出好看的酒窝。

马上要开元旦联欢会了，演个什么节日呢？我们三个人商量了一起合唱当时的流行歌曲《走过咖啡屋》，我们在我家小院里偷偷排练了好几次，但是正式演出时，我因为紧张，唱跑了调，大家暗暗偷笑。小月和小禾则坚定地把歌唱完了，丝毫没有责怪我。

小禾是那种踏实努力、用功学习的学生。她的数学尤其好，数学作业本永远清丽整洁，永远是让人眼晕的红对勾。我向她请教，她不厌其烦。"青，你看，我们这样来分析……"我常常借她的本子来学习，我把答案工工整整地抄下来，可还是有很多题并不明白。

有一次期中数学考试，老师考的全是他布置过的原题。我觉得题目似曾相识，又记得小禾分析过的答案，便急急地背写下来，结果那次我竟考了满分，我被吓住了，数学老师频频满意地点头。

小月的身影在篮球场上轻松敏捷，穿着球鞋，运动衣，虽然个子不是很高，但弹跳很好。我和小禾喜欢站在球场边，看小月投篮。如果是比赛，我和小禾会在场外为小月大声呐喊助威。只见小月左闪右闪，跑到篮板下，纵身一跳，把球轻轻一抖，投到篮筐里。

下午自习课前，小月带着我和小禾，在学校附近寻找好吃的小摊点，肖墙路的一家西安面皮摊是我们的最爱。还有新民街上的油酥烧饼、河东牛肉水饺，匆匆地吃几口，抿着嘴，三个女孩拉着手，匆匆又赶回教室，开始上晚自习。

说来有趣的是，高中同学中有两对同学后来结为夫妻。一对是小禾和江，一对是我和城。小月与我和城是非常要好的哥们。当多年后我问小月，你觉得我和城在一起怎么样时，小月一听，开心地说："你俩都是我最好的朋友，你俩从小学起就是同学，青梅竹马，那么好的一对人儿，在一起，肯定幸福。"

我和城一眨眼牵手已十五载了，经历了人生的高潮与低谷，却

始终恩爱如初。

　　而当年小禾大学毕业后，为了江，孤身一人远赴海南。我和小月是在小禾去了以后才知道的。小禾看似柔弱，但认准的事，很难回头，小月从一开始就不看好小禾和江。小月直言对我说：

　　"江是南方人，精明算计，不适合小禾。"

　　"她愿意，我们就祝福她吧。"

　　我和小月原本以为小禾可以平静幸福地生活。小禾为了江，为了孩子，一直没有找工作。要知道小禾是重点大学财经专业的高材生啊。有一阵子她身体不好，为了治病，她不得不服用激素类药物，胖了很多。我去南方出差，小禾跑到我住的宾馆来看我，我看到身材发胖的小禾，差点没认出来。心里隐隐有些难过。

　　婚后多年，小禾才怀上孩子。可是有了孩子，小禾依旧不幸福，小禾与江分分离离。一直断断续续地有她的消息。我知道小禾是坚强与隐忍的，知道她一直在努力，她一定会幸福的。小禾一定是不愿让我们知道她的处境，不愿让我们为她担心。

　　那个送我《简·爱》的十七八岁的小禾呢？那个整日咯咯爱笑、善良娴美的小禾呢？

　　我和小月一直生活在小城，我在城北，她在城西，我结婚，她当了我的伴娘。她在我身边，我好心安。小月做过律师，做过营销总监，做过区域代理，总之，小月所到之处，所向披靡，风生水起，干得有声有色。我们一年也见不上几面，一打电话，就能拉拉杂杂聊个把小时。聊我们各自的爱人、孩子，聊我们曾经的高中岁月。

三个女孩，就像三片树叶，就像三棵小草，连着支脉，曾一同生长，但命运都各不相同。我知道我们有一天会相遇，会好好诉说这么多年的悲欢离合。

十七八岁的我们，牵着手，走在国师街上，走在古槐杨柳下，一边笑着，一边走向前方。

青青荷

远远彼此张望，风过叶动，荷香暗飘。湘是青色的荷，低低绽放，低低摇曳；颜是白色的荷，高挑出荷叶，却独自舒展花瓣，静谧淡然；莹是黄色的荷，丰腴饱满，色彩浓郁，幸福得花瓣都垂到水面上。

我愈发迷恋文学和诗歌，记得当时从中国古典诗歌眺望到了国外诗歌。雪莱、拜伦、海涅、艾略特、但丁……一股脑儿地吮吸着。放眼望去，班上很多同学并不懂得我内心的孤独与狂热。

这时，我发现了湘、颜和莹。

湘，瘦小的身体，皮肤白皙，头发黄黄软软的，轻轻地贴在额头脸颊，眼睛大大的，目光却永远是平静和冷静的，似乎没有什么事可以激起她内心的波澜，而你在她目光中却会平静下来，甚至慢慢融化。有一次，上自习课，突然停电，我和湘坐在前后座，她扭过身来，趴在我的桌子上，我们俩人聊起来。我发现湘是一个干净纯净得让人心疼的女孩。她告诉我，她和妈妈在一起，弟弟和爸爸在一起，她们在小城，爸爸和弟弟在边城。他们一年也难得见一面。我不知深浅地问她："为什么你的爸爸妈妈要分开？"

她听后，大眼睛怔怔的，无神中流落出无助。

"他们在一起，会永无休止地争吵。唉……"湘低垂着眼睛，脸色显得苍白。

于是，我成了知道她秘密的朋友。我们在教室里只要互相张望一下，便会读懂对方似的，会心地笑笑。湘的妈妈是小城知名的大学教授，湘在班里属于优秀学生。她不属于那种特别刻苦的学生，但她那股淡定自若的劲头，让你信服没什么难题能难倒她。记忆中不是她伏案苦学的样子，而是坐在窗前课桌边，穿着淡绿色衣服，睁大眼睛望向窗外的样子。

湘考上了她妈妈所在的大学。她恋爱了。她的男友就在我的大学里。她会跑到我所在的学校，脸上绽放着光彩，大眼睛飞扬起神采，嘴角荡漾着微笑。我总觉着湘和他不是一路人。可恋爱中的湘根本不理会朋友的提醒。好吧，只要她幸福。我是湘婚礼的伴娘，好像平生只做过这一次伴娘。

二十多年后的一天，我在路上遇到了湘："嘿，这些年你跑哪去了？"她还是上高中时的样子。穿着淡绿色的裙子，头发蓬松地

披在肩上，睁着大眼睛，抿着嘴唇，冲我微微笑着。我走上前去，想过去抓住她的手。可她倏忽一下跑开了，我找不到她了。原来是一场梦。醒后怅然若失，已太久没有湘的消息，她和他分开了，这个我是知道的，但后来湘的生活怎样，我却无从知晓。

颜是个瘦高个的女孩，说话慢慢的，柔柔的，走起路轻手轻脚。她写的字和她的样子一样，瘦瘦的，却极有风骨，重要的是她酷爱诗文。她喜欢席慕蓉的诗，三毛的文，她翻着我的文字，幽幽地说："青，你就是又一个席慕蓉啊。"我们在学校里的交往并不多，她欣赏我的文字，每次我的作文或诗歌什么的，她都会很认真地抢去阅读。然后又郑重地还给我，每次都要就我写的文字交流几句。我知道，她一直是懂我的，她一直是喜欢我的。我到了出版社做编辑，她说："青，这是一份极适合你的工作。"我嫁给了城，我们共同的同学，她说："青，这是一份多好的姻缘。"我在微信上偶尔发几个字，她总会关注。有这样一个朋友，她离你很远，可又很近。她始终少有声息，却又懂你的爱恨悲欢。有颜，真好。

莹是满族女孩，学习好，为人好，长得其实也挺好看。圆圆的脸，圆圆的眼睛，红嘟嘟的嘴，就像可爱的叮当猫，可她总爱把不长的短发、不长的刘海遮住眼睛，遮住脸。她非常羞涩，一说话就脸红，但声音清脆急促。她愿意为大家做任何事，却不计较。有时她打扫完大家都偷懒不想打扫的教室，汗水和尘土把莹的脸蛋弄得脏兮兮的，她却毫不在意。她的文笔极好，我是很久之后，才发现莹竟是有如此丰富的内心、如此睿智从容文笔的女孩。她隽秀工整的小楷字体，文思缜密、言辞俊逸、收放自如，豪气兼具仙风，令人不可小觑。毕业留言中她写给我："我尊敬你，你不是凡夫俗子，在花中，你是兰花，含着蕊，你隽秀，你高贵。我感激你，你对我有了解，处处照顾我。我喜爱你，你文才出众，品貌端丽，你真好，好得让我不敢靠近。我同情你，你没有称心过，常见你忧郁在眉间，奈何少言少语，不言不争，恹恹这般。望来路，荆棘藩篱，苦辣酸甜，定会不少。"有点《红楼梦》的味道。

莹的婚礼我去了，她的丈夫高大魁梧。她圆润的脸庞从头发中钻出来了，一身红旗袍，金秋十月，阳光洒落一地，她灿烂的笑容也和洒落的阳光一样，温暖明媚。生活中莹应该是元春，不媚不俗，好风好景。

湘、颜、莹和我，就像荷一样的朋友。远远彼此张望，风过叶动，荷香暗飘。湘是青色的荷，低低绽放，低低摇曳；颜是白色的荷，高挑出荷叶，却独自舒展花瓣，静谧淡然；莹是黄色的荷，丰腴饱满，色彩浓郁，幸福得花瓣都垂到水面上。

风景旧曾谙

城在月色下，朦胧中有一张年轻的脸。

我记得那份小报叫《荷角》，带着油墨香，我们都好喜欢。

我一直记得那夜出完《荷角》小报，城在夜里年轻的脸。

是谁走过我的身旁，

是谁一次次掠过我的脸，

是谁撩起我的发丝，

是谁掀开我的欢乐与忧伤？

鸿是一位富家子弟，家有实业。他高高的个子，戴着一副圆边眼镜，度数很深，镜片后的眼睛深邃且笃定，有点儿徐志摩的气质。鸿的英语非常好，好到他严重偏科，高一时已开始阅读原版英文小说，每次英语考试，他都遥遥领先，高出我们一般的英语尖子生七八分。我们放学回家是一路，可以走一段路，每次和鸿一块走在回家的路上，他都会告诉我他又读了哪本有趣的英语小说，也非常乐意借给我看。高一开学不久，学校组织了英语朗诵比赛，我和鸿相约一块朗诵了雪莱的一首诗。记得为了排练好，鸿好几次来我家的小院，在我的小屋里，对着那个半砖头似的录音机录了播，播了又录，还不停地找合适的配乐。结果我们的合作朗诵获得全校一等奖的好成绩。

鸿是个直来直去，不会绕弯说话的那种人。他若不想开口时，可以一直保持缄默；他若把你当朋友，会真心诚意地和你相处。他内向羞涩、才华横溢，在一般同学眼中有点怪。

他被保送上了全国一流的外国语大学，直升大二，大学毕业后，大家眼中最不适合经商的他却做起了煤炭生意。他是寡言内敛的人，怎么可以做成生意呢？有一年我出差去他所在的城市，他邀请我到他二百多平方米的房子里看看。我禁不住问他："你怎么想到做生意呢？"

"你不知道，大学毕业后，我分配到外贸单位，我无法接受那里沉闷的气氛，辞了职。我做煤炭生意，但凡和我打过交道的人，都信任我，都觉得我老实，会把一单生意给我。"那双深邃的眼睛在厚厚的镜片后闪烁着。

"我想挣很多很多的钱，然后买一个大房子，买很多好看的书，我就坐在里面整日看书，这就是我想要的生活。"

鸿一定可以实现他想要的生活。

冬生在班上应该算是文理都学得不错的男生，尤其文科的语文和英语，别的男生自叹不如。他的头特别大，身材较矮，国字脸，浓浓两道眉，阔嘴厚唇。人说头大聪明，用在他身上一点儿没错。冬生家在矿区，能来国师中学上学，实属不易，他格外珍惜各种学习的机会。那时，记得他为了节省时间，在学校附近一个老奶奶家借住下来，抓紧时间复习功课。

而我们几个爱写诗爱文学的女孩显然不是很用功，冬生很着急，找我谈过，还给我写过好多小纸条，看到我们那股多愁善感的劲儿，他觉得不合时宜。他总爱以一个长者或智者的样子，和我交流。看看他的浓眉毛、厚嘴唇、大脑袋，我暗自好笑，我知道冬生是好意的，是关切我的。

功夫不负有心人，他考上国内重点财经类大学。他又开始定期不定期地给我写信。他的字不大，急促飘洒，总是厚厚好几页，写什么呢？写他的学习所得，人生感悟，几乎没有一句和我有关，就是智者呓语的感觉。当然我还是希望收到他的信的，从他的字里行间可以感觉到他所在城市的海的味道。快毕业的那年春天，他的一封信又飘然而至，我习惯性撕开信封。"青，已近毕业，我可以回到小城，亦可去祖国南方的经济特区。你的建议将会决定我的去向。"我突然觉得问题有点严重，我怎么可以给他建议。我不再回信，他也不再来信，快毕业时，他给我寄了张明信片，告诉我他考上了经济特区的公务员。

他一直很优秀，也过着很优越的生活。听说他最近举家移民到了美国。真心祝福他。

城坐在我的后面座位上。他长得瘦弱，但眉宇轩昂，眼睛不大，但总是温暖地注视人，鼻梁高高挺拔，这样的男孩子，女孩一定不会讨厌。他的学习并不出众，但写得一手好字，画得一手好画，说起话来，不急不缓，很有磁性。心眼极善良极正直。他平时看起来春风如面，但较起真来，却不怒自威。

我们两家相距百余米，小学一直是同学，没想到高中又成了同学，所以从来没有陌生的感觉。

我、小月、冬生还有城是非常要好的朋友，甚至是哥们。我们可以一起去公园划船。一起去小吃馆吃顿小吃，小月会拍拍城的肩膀，冬生会以智者自居对我和小月进行"教诲"。城如果哪道题做不出来，我会扭转身，点着作业本："嘿，不是吧，这么简单的题也不会，你也太笨了点吧？"

上了高中，语文老师提议让我们几个喜欢文学的同学创办一个小刊物。我们一呼而应，几个同学在放学后，找来油墨纸，用

　　三个女孩，就像三片树叶，就像三棵小草，连着支脉，曾一同生长，但命运都各不相同。我知道我们有一天会相遇，会好好诉说这么多年的悲欢离合。

专用刻笔设计八开大的小报。城负责整体的设计和插图。我们选择好内容，便开始在油墨纸上撰写。

那天一直出报纸到很晚，出了教室门，一弯新月已挂天边。

"我送你到家门口吧。"城说。

"不用，不用。"我习惯性地摆摆手。

"走吧，天有些晚了。"

城还是坚持把我送到家门口。

我回转身，向站在巷口的城摆摆手。

"你快回家吧。"城在月色下，朦胧中有一张年轻的脸。

我记得那份小报叫《荷角》，带着油墨香，我们都好喜欢。

有一次，班上同学相约去中心公园划船。大家分了三四只船，分成两队打水仗，我的衣服被弄湿了一大片，上了岸，风一吹，有点打颤。城不知什么时候走过来，没说什么，脱下他的灰夹克递给我。我真的挺冷的，顾不上客气，抓过来披在身上，很快暖和过来，而城则和其他男同学一起跑开了。

我从来不和城客套，想让他帮我抄个笔记，把本往他桌前一摆："嘿，你的字好看，帮我抄下历史笔记，拜托啊。"城从来对我也是有求必应，我们就像心有默契的好哥们。

后来，我们都考上了大学，各自选择了自己喜欢的专业。两所学校离得并不远，他有时会骑车跑到我们学校。学校里还有另外

两位高中女同学。每次他来，我急急地把其他两位同学一并叫上。他更加英俊了，头发浓密，眼神笃定，眉宇间的英气逼人。他还和以前一样，话不多，偶尔笑笑，更多时候是听我呱啦呱啦讲半天。

大学毕业后的一两年后。有一天，突然收到一封信。那端正遒劲的笔体，我一眼就认出是城写的。我不知道城有什么事要给我写信，便撕开信封，打开厚厚的一摞信纸，我怔住了。城写道：

"总觉得你有一双忧伤的眼睛，一个寂寥的身影。从小学到中学，我默默注视着你……"

"如果不说出来，会后悔一辈子……"

我几乎不能相信，这怎么可以？我一直把城当哥们的，我们是好朋友，很好的朋友，但不是那种朋友啊。

我给城回信：

"这是不可能的。"

"没关系，只要让我默默关注你。"

十几年后，有时靠在城的肩膀上，看看眼前跑来跑去的长子

和幼子，听着他们叽叽嘎嘎的追逐打闹声，我会轻轻对城说："当时年纪小，哪里会想到我们现在在一起的样子。"七八年的同窗时光，青梅竹马。十五年的婚姻岁月，灼灼其华。我安享一个世间女子跌宕丰盈的人生轨迹，宜室宜家。

城握住我的手，他的手总是温暖而有力。

小城流年，现世姻缘。

死生契阔，与子成说。

幸好，在我的青春里，遇到了你。

我一直记得那夜出完《荷角》小报，城在夜里年轻的脸。

是你走过我的身旁，

是你掠过我的脸，

是你撩起我的发丝，

是你掀开我的欢乐与忧伤。

童年的河流

终于，在这个秋雨缠绵的季节里，写完了书稿的最后一行。

整整一年的时光，从动笔到停笔，中间有太多的事情羁绊，使写作进度一再推延。但似乎有一个声音不断地呼唤，一种记忆打开闸门无法停歇。

七零后有许多共同的只属于那个年代的回忆。当我们随着人生快车匆匆前行，尚未看清前方和身旁的风景时，童年已模糊成冬日窗棂上的雾霭。用手指轻轻划开蒙在窗户上的水汽，顺窗而望，突然发现童年就在眼前，我们一直身处其中，却相忘于江湖。"泻水置平地，各自东南西北流。"在那些各不相同的个体童年里，有着种种相似的群体记忆。小人书、连环画报、玻璃球、杠树叶、跳房子、跳皮筋、打酱油、炸虾片、吃冰棍……儿时简单的游

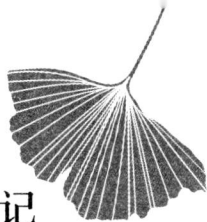

戏，难得的美味，满满的快乐，就像昨天发生的事。一弯新月如钩人散去之际，隐约闻到巷口的槐花飘香，听到少时的银杏叶落。

这本散文体成长小说以主人公小青子生活的一座北方小城——太原为空间纬度，讲述了小青子这一代人的成长历程，从乡愁入笔，深情讲述了姥姥、奶奶、父亲、母亲的青葱岁月，以儿童视野呈现了北方小城的自然风光样貌和真实的市民生活，再现了小院几户教师人家的悲欢离合，并略带忧伤地追忆了"我"的小学和中学时光以及纯真质朴的友谊。

在这一年的写作过程中，我的儿子们在渐渐长大。有时看着他们一起追逐奔跑的背影和灯下读书的身影，或者深夜里去他们各自房间里悄悄为他们披披被角，轻轻地吻下他们光洁的面颊，听着他们均匀的呼吸声，幸福是如此切肤的感受。他们使我明白幸福从来都是平淡的，他们让我体味生命的轮回与责任，我想用笔告诉他们我的童年，我的河流。

母亲及先生是书稿的第一读者。他们的陪伴是我完成这本书稿的力量。此次写作，我没有使用电脑，完全手写，先生为我买来一种绿色的鹅毛笔造型的碳素笔，前前后后，我用完十几支这样的笔。每当我在深夜孤灯下，摇曳着绿色的草叶鹅毛笔，真的是常常思如泉涌！

感谢本书的插画作者肖刚老师，我们偶然相识于书店画廊他

的画展上，彼时肖老师的《太原的名街老巷》画册专著正在热卖。他沧桑细腻的线描古建筑作品以及他淡定儒雅的气质给我留下了较深的印象。他的画打动了我，他的超然使我相信他是一个执著的不慕虚华的画者。当我开始动笔后，想到他的画非常适合我的文。果然，肖老师看过初稿后，慨然应允。由于我们年龄相仿，经历相似，彼此的画与文颇有似曾相识之感。肖老师画中服饰、器物、建筑均翔实考据，用优雅诗意的风格和穿透人心的细节技巧，将图画完美融合到故事情节中，谢谢肖老师为本书所做的一切。

感谢希望出版社，《希望树·成长书系》汇集了一批六零后、七零后女作家，她们从中国南方到北方，从乡村到城市，以自己的成长经历为读者勾勒出二十世纪八、九十年代儿童视角下时代与国家的变革，用细腻唯美的笔触为读者奉献当代版《城南旧事》的成长心路历程。五彩的童年河流，如风的成长回眸。已出版四册，封面采用了红、黄、蓝、绿四个色彩。于是今天，终于有了您手中的这本紫色的《小城流年》。

海伦

2014.10

图书在版编目（CIP）数据

小城流年 / 海伦著；肖刚绘 . –– 太原：希望出版社，2014.11（2022.9重印）

ISBN 978-7-5379-7124-9

Ⅰ. ①小… Ⅱ. ①海… ②肖… Ⅲ. ① 长篇小说 – 中国 – 当代 Ⅳ . ① I247.5

中国版本图书馆 CIP 数据核字（2014）第 248648 号

出 版 人：王　琦
责任编辑：田意可
复　　审：田俊萍
终　　审：傅晓明
美　　编：郭丽娟
装帧设计：高　煜

希望树·成长书系
XIWANGSHU CHENGZHANGSHUXI

小城流年 XIAOCHENG LIUNIAN

海伦 / 著　　肖刚 / 绘

出版发行：山西出版传媒集团·希望出版社
地　　址：山西省太原市建设南路 21 号
邮　　编：030012
印　　刷：北京一鑫印务有限责任公司
版　　次：2015 年 3 月第 1 版
印　　次：2022 年 9 月第 7 次印刷
开　　本：720mm×1000mm　1/16
印　　张：11.75
标准书号：ISBN 978-7-5379-7124-9
定　　价：35.00 元